U0562087

经典版

愿你成为
最好的
女子。

蔡澜

The small ways to make a big lady

作品

北京时代华文书局

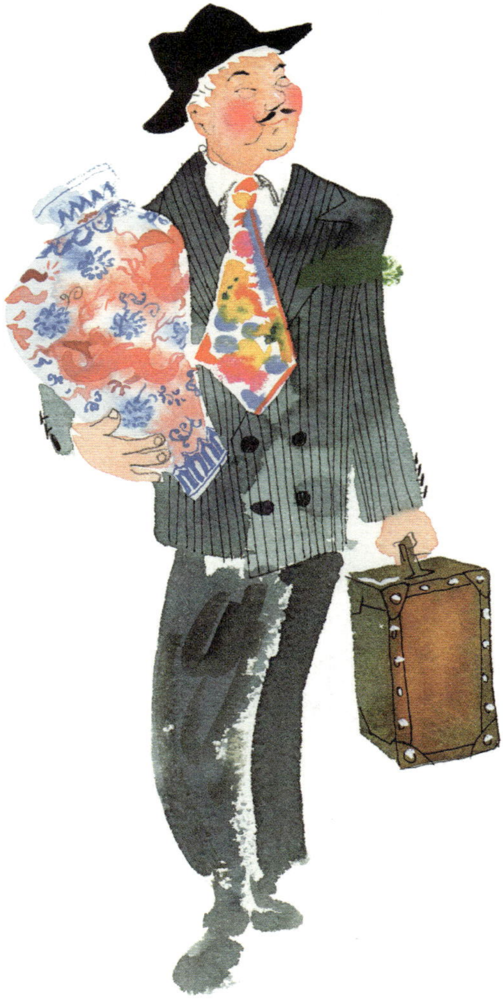

金庸序
蔡澜是一个真正潇洒的人

除了我妻子林乐怡，蔡澜兄是我一生中结伴同游、行过最长旅途的人。他和我一起去过日本许多次，每一次都去不同的地方，去不同的旅舍食肆。我们结伴共游欧洲，从整个意大利北部直到巴黎。同游澳大利亚、新加坡、马来西亚、泰国之余，再去北美洲。从温哥华到旧金山，再到拉斯维加斯，然后又去日本，又一起去了杭州。我们共同经历了漫长的旅途，因为我们互相享受做伴的乐趣，一起去享受旅途中所遭遇的喜乐或不快。

蔡澜是一个真正潇洒的人。率真潇洒而能以轻松活泼的心态对待人生，尤其是对人生中的失落或不愉快遭遇处之泰然，若无其事，他不但外表如此，而且是真正的不萦于怀，一笑置之。"置之"不太容易，要加上"一笑"，那是更加不容易了。他不抱怨食物不可口，不抱怨汽车太颠簸，不抱怨女导游太不美貌。他教我怎样喝最低劣辛辣的意大利土酒，怎样在新加坡大排档中吮吸牛骨髓，我会皱起眉头，他始终开怀大笑，所以他肯定比我潇洒得多。

我小时候读《世说新语》，对于其中所记魏晋名流的潇洒言行不由得暗暗佩服，后来才感到他们矫揉造作。几年前用功细读魏晋正史，方知何曾、王衍、王戎、潘岳等这大批风流名士、乌衣子弟，其实猥琐龌龊得很，政治生涯和实际生活之卑鄙下流，与他们的漂亮谈吐适成对照。

我现在年纪大了，世事经历多了，各种各样的人物也见得多了，真的潇洒，还是硬扮漂亮，一见即知。我喜欢和蔡澜交友交往，不仅仅是由于他学识渊博、多才多艺、对我友谊深厚，更由于他一贯的潇洒自若。好像令狐冲、段誉、郭靖、乔峰，四个都是好人，然而我更喜欢和令狐冲大哥、段公子做朋友。

蔡澜见识广博，懂得很多，人情通达而善于为人着想，琴棋书画、酒色财气、吃喝嫖赌、文学电影，什么都懂。他不弹古琴、不下围棋、不作画、不嫖、不赌，但人生中各种玩意儿都懂其门道，于电影、诗词、书法、金石、饮食之道，更可说是第一流的通达。他女友不少，但皆接之以礼，不逾友道。男友更多，三教九流，不拘一格。他说黄色笑话更是绝顶卓越，听来只觉其十分可笑而毫不猥亵，那也是很高明的艺术了。

过去，和他一起相对喝威士忌、抽香烟谈天，是生活中一大乐趣。自从我心脏病发之后，香烟不能抽了，烈酒不能饮了，然而每逢宴席，仍喜欢坐在他旁边：一来习惯了；二来可以互相悄声说些席上旁人不中听的话，共引以为乐；三则可以闻到一些他所吸的香烟余气，稍过烟瘾。

蔡澜交友虽广，不识他的人毕竟还是很多，如果读了我这篇短文心生仰慕，想享受一下听他谈话之乐，又未必有机会坐在他身旁饮酒，那么读几本他写的随笔，所得也相差无几。

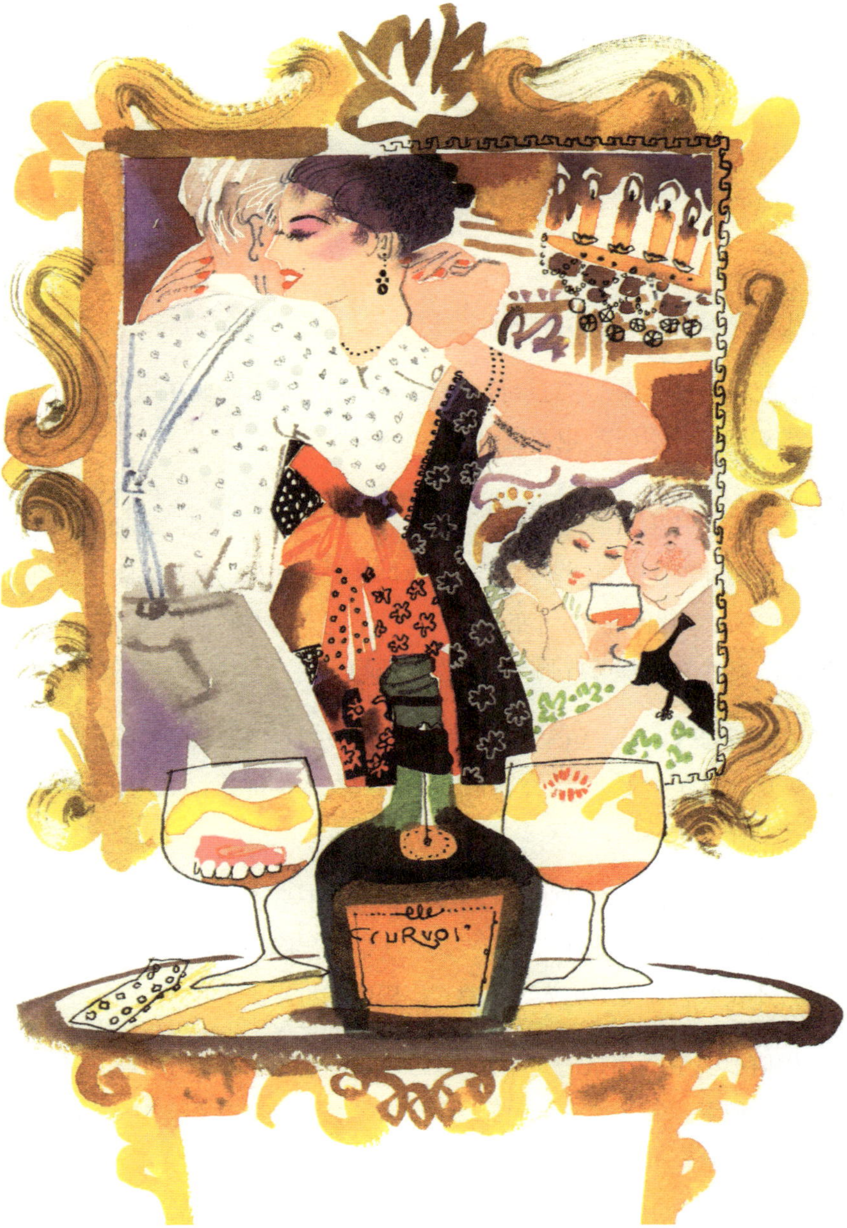

蔡澜先生语录

1.有些事,不做比做好;有些问题,不答比答好;烦恼减到最少,最好。

2.做女人先要有礼貌,这是最基本的,温柔就跟着来。现在的人很多都不懂。像说一句"谢谢",也要发自内心,对方一定感觉到。

3.我最喜欢的女人,是求进步的女人。

4.女人求精神寄托的方法多得不可胜数,刺绣、种花、古筝、阅读,只是万分中之一,每种知识都可变成一门专门学问,只要向神坛争取回一部分的时间,每个女人都可寻回无限的人生乐趣。

5.长得清清秀秀、干干净净的,都是美女。只要看得舒服的,都是绝品佳人。好的女人不会老,她们愈来愈优雅。好女人种种花,欣赏些艺术品,恬恬淡淡,皱纹减少,真难看得出她们几多岁。

6.好女人,好太太,好母亲,还是有的,这是上帝赐给的,让她们少了一条筋,这些女人永远往好的方面去想,也很容易满足,一直嘻嘻哈哈,她们已经不是女人,变成男人,没有了尾巴中的毒素。

7.我相信很多事情都是一个学习的过程:学习独立、学习自信、学习宽容、学习放弃、学习勤劳、学习爱。没有那么多与生俱来的性格,所以我们为人处世,要给别人多点的体谅和余地。

8.女人最让人爱的地方是哪里？ 是真实吧，还有自由，还有独立，礼貌，善良，理智，情趣。如果不是美女呢（其实内心空洞的美女也不招人喜欢），那就将自己培养成一个才女，或者是一个常常微笑的可爱女人。

9.思想上的自由，就是人生的自由，不管你是未婚、已婚或迟婚。我行我素，又不妨碍到他人的行动或思想。

10.手袋中有些食物的女子，是热爱生命的；她们爱吃东西，又没有时间进食，更是任性地想吃就吃，非常可爱。

11.长头发的女人，实在好看。面容如何，先不去谈它，长发女子不但使男人一见钟情，点点滴滴加起来的一种美态，令人沉迷，不能自拔。

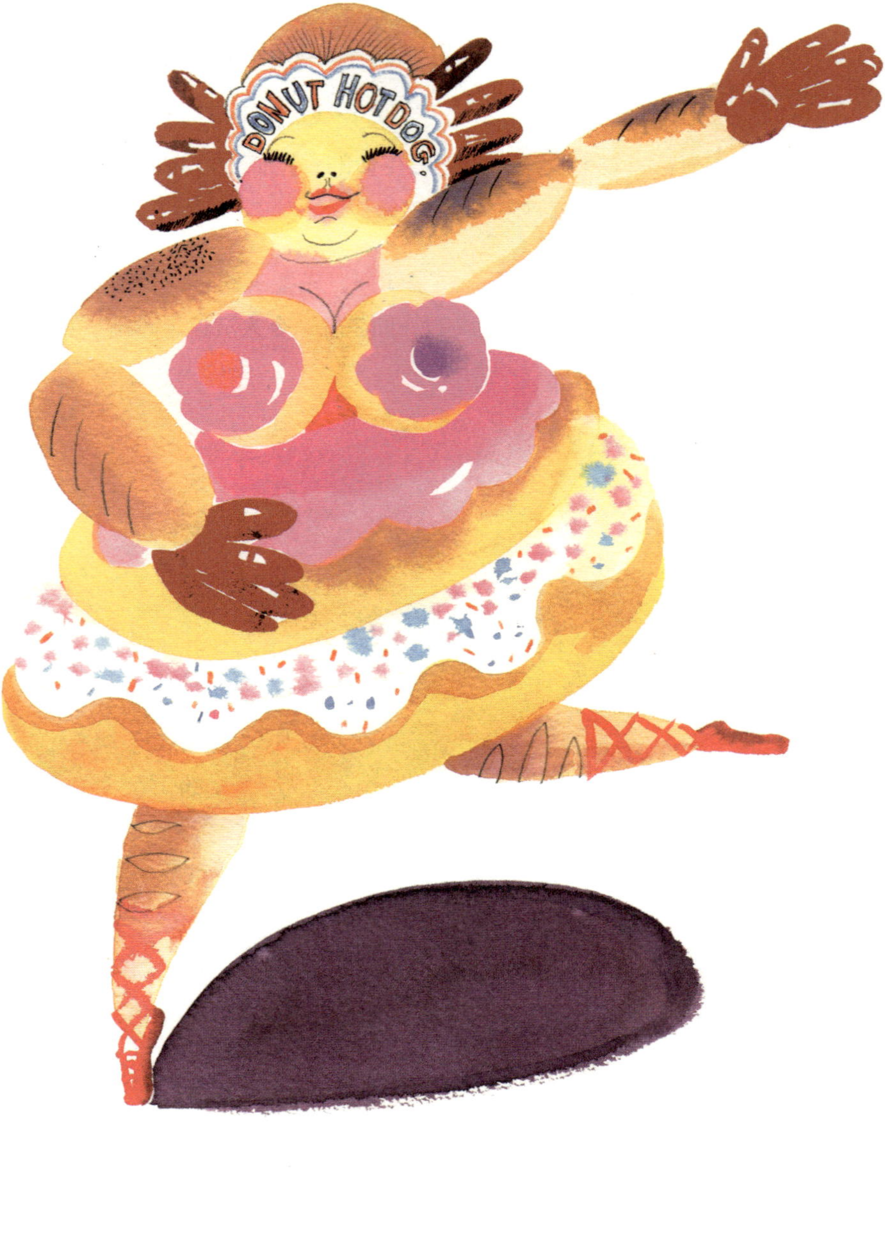
DONUT HOTDOG

目录 CONTENTS

1	**金庸序** 蔡澜是一个真正潇洒的人
4	**蔡澜先生语录**

第一部分
女人的气象

2	愿你成为更好的自己，愿你成为最好的女子
4	女人，要有自己把日子过好的能力
8	上进的女人，有力量改变人生
12	女人要有好奇心，总是好看
14	我最喜欢的女人，是求进步的女人
17	从前女子的优雅，只剩下自己时才不化妆
19	好的女人不会老，只会越来越优雅
21	你是幸福的女人：不断追求精神上更高的层次
25	长得清清秀秀、干干净净的，都是美女
27	我认为女人是为了自己而化妆的

30	有些事不做比做好，有些问题不答比答好
34	女人先要有礼貌，温柔就跟着来
37	欢场女子，都有点侠气
40	比男人更精彩
42	礼貌和教养很重要
46	积极乐观、有自信、有爱心
48	美人是需要浸淫的
50	嫁个有钱人，不如自己当有钱人
52	遇见昂山素季一样的女人：端庄中带着妩媚
54	思想上的自由，不管是未婚、已婚或迟婚
56	手提包，看出女人的个性
58	长头发的女人，实在好看

第二部分
你当温柔，且有力量

62	没有腰线的女人，没有未来
66	有一技之长，就能选择人生
68	多旅行才能遇见多彩的人生
72	她比烟花寂寞，因此搏命地燃烧着自己
76	愿你洒脱、自由
80	长得干净、美丽，具有内在的生命气质
84	自以为是女强人的假女强人最讨厌
86	运动型女人，令人爱得要死
88	为什么不尽量活得快乐

90	女人微醺的时候最好看
94	喜欢何铁手一样的女人
96	男人骗女人，一个愿打，一个愿挨
99	做人，一定要听另一个人的话，是悲剧
102	缘分早来更好，晚到也无妨
106	愿你清澈而智慧
108	女人最流行的口头禅：是不是
109	这种女人，连头脑也是次货
111	掩嘴而笑的女人啊
113	最让男人着迷的几个小动作

第三部分
容貌是你灵魂的样子

116	谈美女
121	女人味的三种现象
124	气质的产生，是学习的精神，是进取的心态
125	多读书，老得优雅，老得干净
129	人绝对可以貌相，有灵气的女人最值得爱
133	什么都吃的女人，是个好女人
135	女人偶尔的"疯"，是很可爱的
137	女人给男人的十八句心里话
139	男人不怕官，只怕管
141	女人最大的毛病，就是喜欢替别人安排一切
143	懒女人只有嘴比别人勤奋

147	从可爱的少女，变成杀梦的人
150	什么叫性感，什么叫色情
152	懒，不求上进
154	活得偏执，怎么会活得快乐
158	名门闺秀也难免头脑糊涂
162	好女人永远往好的方面去想，少一条筋
166	女人越强势，对家庭毁灭性越大
170	总是说得意，其实是无礼
172	尊重别人，别人才会尊重你
174	要扮男人的女人，越来越不像女人
178	原来长得丑也是一种罪
180	是什么让女人成为魔怪
182	"丑"女人的十宗罪
184	给大龄女青年的十句心里话

第四部分
愿你成为最好的女子，柔情似水精金智慧

188	知道自己要什么，是一个很好的开始
191	人的高低，从谈话之中即能分别出来
193	一见不是美艳，但愈看愈耐看的女人
195	每个独立的人都应该拥有一些隐私
197	没自信的女人才靠隆胸取悦男人
201	如果多余的智商用来关爱

203	男女为什么相遇，是缘分
207	当男女角色互换时
210	女人的话男人一定要听，但不一定要做
213	女人基本上都有统治才能和权力欲
215	你以为的对他好就真的是对他好吗
219	女人最可怕之处就是要求男人听话
223	以迟到折磨男人，总会得到报复的
225	有的孩子，不是爱的结晶，而是女人的证据
227	男人怕回家，都是被逼的
228	男女之间，最不能协调的是管和被管
229	应该知道想要和不想要的分寸
234	永远纠缠不清，那是女人的天性
238	太多浪漫都经不起结婚的考验
242	娶个有钱老婆和没钱老婆，其实没分别
243	因为疲倦和好奇而结婚，结果都失望
244	怎样处理婆媳关系才幸福

附

246	师太
249	给亦舒的信（一）
253	给亦舒的信（二）

256	**倪匡跋** 以"真"为生命真谛，只求心中真喜欢
265	**编后记**

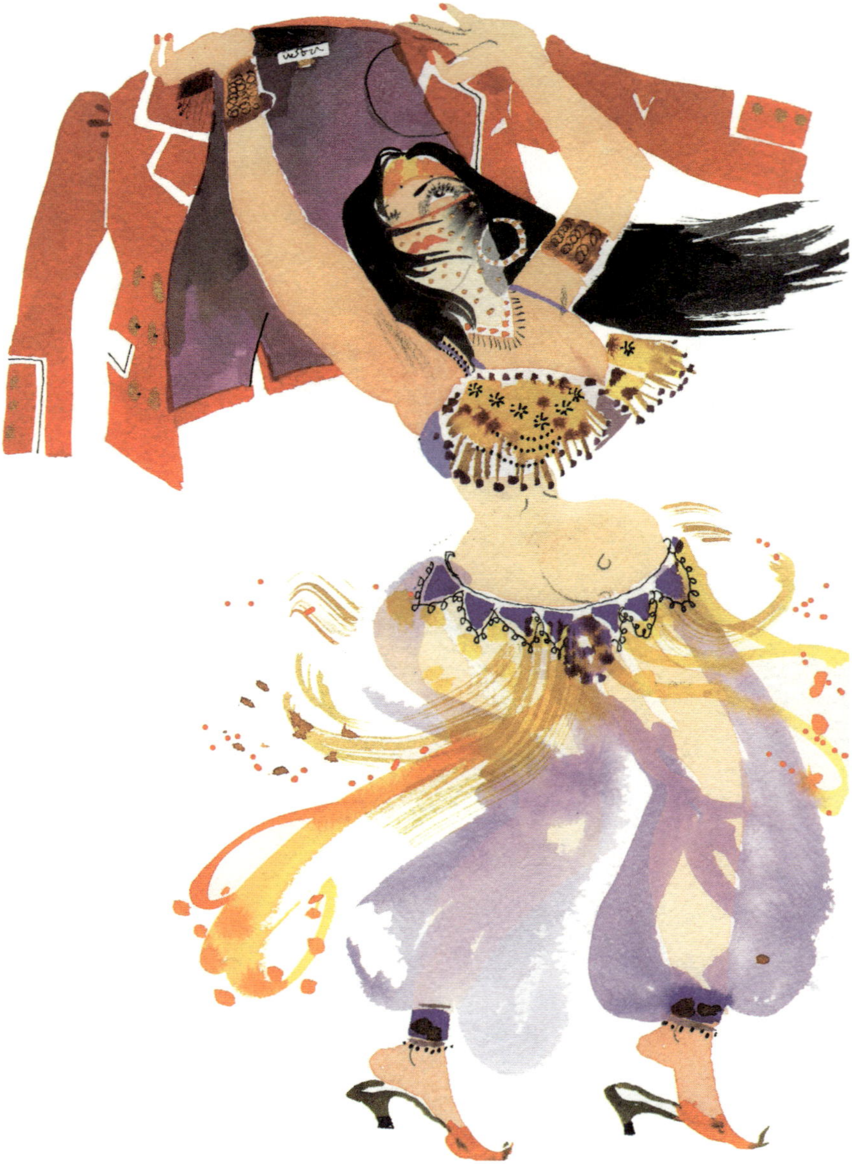

第一部分

女人的气象

一

我常说："好的女人不会老。"
真的。她们愈来愈优雅，比俗气的女人年轻许多，
也很难猜出她们的年龄，好的女人不会老。
品位能增加她们的魅力，像衣服颜色的配搭，
令人看得舒舒服服。

愿你成为更好的自己，愿你成为最好的女子

当代的才女，必须受过大都会的浸淫，上海、伦敦、巴黎等。用中文的，更非要在香港住过一个时期不可，这里是中国顶尖人物的集中地。

眼界开了，接触到比她们更聪明的男女，才懂得什么叫谦虚，气质又提高到另一层次，这是物质上不能拥有的。

去美国也行，但只限于纽约。当然，纽约不应该属于美国，它和欧洲才能搭配。即使不住纽约，最少也得生活在东部，像波士顿和英格兰等，说起英语来，才不难听。

最忌加州，那边的腔调都是美国大兵式的，而且每一句话的结尾，全变成一个问号，听起来刺耳，非常讨厌，即刻下降一格。

除了这些大都会，非洲、中东、东南亚，甚至南北极，以及印度、尼泊尔，都得走走，学习人家是怎么活的，才懂得什么叫精彩。

才女必须热爱生命，充满好奇心，在背包旅行年代，享受苦与乐。如果是由父母带去，只住五星酒店，也不够级数。

基础应该打得好，不管是绘画、文学、电影和音乐，都得从古典开始着手，根基才稳。一下子乘直升机，先会抽象、意识流、新浪潮和Rap，以为那是最好的，就走入了歧途。

时装虽说庸俗，但也得学习。尽看当代名家，不知道古希腊人鞋子之美，也属肤浅。首饰亦然，有时一件便宜货，已显品位。

爱吃东西，更属必然。食物是生活最原始的部分，不得不多尝。试尽天下美味，方知什么叫最好，因为有了比较。这么多则条件，一定要有大把金钱撒？那也不一定，有了勇气，在任何环境下都能生存，从中学习。

说到底，最重要的还是了解男性。从书本上当然可以吸取，但现实生活中，多交些异性朋友，不是坏事。有了这种豁达和开朗的个性和思想，才能谈得上才女。不然，最多只是一个没有品位的女强人而已。

愿你更好地做自己，愿你成为更好的自己，愿你成为最好的女子。

女人，要有自己把日子过好的能力

在东京影展，区丁平导演的影片得了几个奖，日本合作公司的老板大宴客，吃完还带我们去一家小酒吧。

进门，妈妈桑笑脸相迎，酒吧总少不了这些上了年纪的女人。好在，她身后是两位样子蛮漂亮的姑娘，二十年华，奇怪的是，长得一模一样。

"这是妈妈生的两个双生女儿。"合作公司的老板解释。

"亲生的？"我问。

"亲生的。"

好一家人，由母亲带两个亲生女儿开酒吧，这倒是中国家庭罕见的。

妈妈桑一杯杯地倒酒，两个女儿忙得团团乱转，食物一盘盘奉上，并非普通的鱿鱼丝或草饼之类，而是做得精美的正式下酒小菜，非常难得。

酒吧分柜台、客座和小舞池三个部分。舞池后有一个吉他手，双鬓华发。有了他的伴奏，这酒吧与一般的卡拉OK有别，再不是干瘪瘪的电器音乐。

起初大家还是正经地坐着喝酒和谈论电影，妈妈桑和两个女儿的知识很广，什么话题都搭得上，便从电影岔开，渐进诗歌、小说、音乐。老酒下肚，气氛更佳，再扯至男女灵欲上去，无所不谈。

两个女儿轮流失踪到柜台后。啊,又出现一碟热腾腾的清酒蒸鱼头。过了一会儿,再捧出一小碗一小碗的拉面。一人一口的分量,让客人暖胃。

"来呀,唱歌去。"妈妈桑拉了梁家辉上台。

家辉歌喉虽然不如张学友,但胜于感情丰富,表情十足,陶醉在音乐之中。再加上吉他手配合曲子的快慢,唱完一首情歌,大家拍手。

"遇到唱得不好的,我们不要客气,一定要把他拉下来,不然自己找难受。"我向双生女其中一个的姐姐或妹妹说。她是主人,不能得罪客,有这个机会,当然举手赞成。

好在下一个庹宗华,是个职业歌手,当然唱得不错。他来一首西班牙舞曲,大家拍掌伴奏。妈妈桑跑进去拿了两个响葫芦让女儿们摇,两姐妹开始唱歌,声线好得不得了,专选难度最高的歌来唱,已是专业水准。

妈妈桑又再拿出些敲击乐器分给大家,女主角富田靖子得了大奖本来已很激动,现在更加疯狂地和区丁平跳着舞。

大家在兴高采烈时,妈妈桑忙里偷闲,坐在角落的沙发上。

"你是怎么想到开这间酒吧的?"我问。

她开始了动人的故事:"我们一家四口,过着平静的生活。我丈夫在银行里做事,很少应酬,回家后替女儿补习功课。吃完饭,大家看电视,就那么一天一天地,日子过得好快。忽然,有一晚他不回家,第二天影子也不见。我们三人到处打听,也找不到他的下落。接到警方通知,才知道他上过一次酒吧,就爱上了那个酒吧女。为了讨好她,最后连公款也亏空了,那女人当然不再见他,他人间蒸发。

"丑闻一见报,亲戚都不来往,连他的同事和朋友,本来常来家坐的,也从此不上门。

"整整一年,我们家没有一个客人。直到一天,门铃响了,打开门是邮差送挂号信来。我们母女三人兴奋到极点,拉他到餐桌上,把家里的酒都拿出来给他喝,我那两个乖女又拼命做菜,那晚邮差酒醉饭饱地回去,我们三人松懈了下来,度过了比新年更欢乐的时光。

"邮差后来和我们做了好朋友,他又把他的朋友带来,他的朋友再把他们的朋友带来,我们使尽办法,也要让他们高高兴兴回家。

"没有老公和父亲的日子,原来不是那么辛苦的。

"朋友之中,有些也做水商买卖的。你知道的,我们日本人叫干酒吧的人为'做水生意的人'。

"一天,我两个女儿向我说:'妈妈,做水生意的女子,也不是个个都坏的。'

"我听了也点点头。女儿说:'妈妈,靠储蓄也能坐吃山空呀。我们这么会招呼客人,为什么不去开家酒吧?'

"好,就这么决定,我说。把剩下的老本,统统扔下去。你现在看到的,就是了。和我们自己的家,没有两样。"

妈妈桑一口气地说完,我很感动,问道:"那你这两个千金不念大学,不觉得可惜吗?"

"她们喜欢的是文科,理科才要念大学,文科嘛,来这里的客人都有些水准,向他们学的,比教授多,比教授有趣。"妈妈桑笑着说。此话没错。

"那么她们的爸爸呢?有没有再见到?"

"有。"妈妈桑说,"他回来求我原谅,我把在酒吧赚到的钱替他还了债。其实当时也不是亏空很多,是他胆小逃跑罢了。但是我向他说,有一个条件,那就是他一定要去找一个一技之长的职业,能自己维生,再来找我。"

"他做到了吗?"

"做到了。"妈妈桑说。

"那么现在人在哪里?"我追问。

"那不就是他。"

妈妈桑指着伴奏的吉他手。

上进的女人，有力量改变人生

我们的旅行团，在日本用的巴士都是最好的，司机驾驶全无事故记录，费用高昂，但很值得。这种巴士都包了一名导游小姐，从上车到回酒店，讲解不停，又要依照客人要求唱歌，并非易事。

我们用熟的有两个年轻的，到东京调到东京，去大阪也要她们来客串，大家混得很熟，沟通起来方便。到这次去，不见了其中一名，她刚结婚，但也出来做事的呀。

"是不是有了孩子？"我问另一个。

"不，不，她已离了婚。"

"那么快？不到六个月呀！"

"发现不对，愈早愈好。这是我们这一代人的看法。"她回答得干脆。

"怎么不回来？"

"她当肚皮舞娘去了。"

"肚皮舞？"我诧异。记忆中的她，没有魔鬼身材，面貌再过一百年，也称不上一个美字。

"是呀！我也在学，当今日本最流行的了。"她说。

看看她，与另一个的意见相同，怎么可能又去跳肚皮舞？

"在什么地方表演？"我问。

"青山。你有兴趣，今晚送完客人，带你去？"

在一座商业大厦的地下室，传出剧烈的中东音乐，走进去，挤满客人，舞台上有六七个肚皮舞娘摆动着腰，衣着单薄，但并不十分暴露，肚皮和大腿，尽在眼前，有个长发的，左右挥动，非常诱人。咦？那不是我们的巴士导游小姐是谁？

从台上望到我，向我挤挤眼，用手做个"等等"的姿势，她继续跳舞。我和女伴在酒吧前找个位子坐下，她也随着音乐在摇动身体，和平时看到的她不同。

音乐从快到慢，又由慢到快，舞娘们一个个支撑不住，走下台来，只剩下巴士小姐，愈跳愈猛，客人不断地拍掌喝彩鼓励，她用下半身向观众挑逗性迎来，颤抖得厉害。

忽然，灯光全暗，一切停止。

重开灯时，看到巴士小姐用毛巾擦着汗，向我走来。

"你怎能跳得那么久？"我劈头就问。

"你以为当巴士小姐那么容易吗？"她说，"做你们的工作我虽然不必讲解，但是从出发到收工，你有没有看过我坐下来的？单是靠这种脚力，我已比其他舞娘强。"

"为什么要离婚？"

"结了婚，丈夫的态度一百八十度转变，对我呼呼喝喝，我问他说为什么，他说看到他爸爸叫他妈妈也是那个样子的。他不懂其他办法对我，给我大骂后他哭了,这时,我已认定他是一个永远长不大的孩子,我要嫁的是一个男人,不是孩子。"

"你从小就喜欢肚皮舞这门艺术?"

"不,有个晚上来到这里,看到我的一个邻居在这里跳,她不过是一个普通的家庭主妇,她能,我想我也可以。"

"那么容易吗,肚皮舞?"

"依印度舞的传统,当然很难,我们跳的是自由式,跟着音乐自由发挥。"

"客人会认为你不正统吧?"

"正统和不正统,很难有界限,一切要自然,要美。肚皮舞很多种,人家以为来源是印度,其实从中东,即伊朗、伊拉克等地方开始的,后来又有了吉卜赛人的方式,都是东抄西抄,没有多少专业的人看得出什么叫正统。"

"最难学的是什么动作?"

"摆腰最容易,会做爱的女人都懂得这个动作,豪放就是,够体力就是。摇动胸部最难,乳房是两团不可控制的肥肉。普通的女人都不知道怎么去动它,要把胸部一个向左转,一个向右转,可得学好多年才会。"

"也得要有点身材呀!"我说。

巴士小姐笑了:"开始,也有很多人向我说,你根本不是一块跳肚皮舞的料子,你太瘦了。没有的东西,我用下半身来补足。只要我摇得比其他人剧烈,观众就会服我。我当然不会自扮清高,如果说肚皮舞是纯粹为了艺术而发明,那是骗你的。"

"为什么肚皮舞现在在日本那么流行?"

"主要的原因,是女人解放了。女人可以透过肚皮舞来表现自己,不必在办公室里替男同事倒茶。这个机会我们日本女人等了很久才来到,我终于能够脱下制服,让男人知道我在床上的话,可以多么犀利。"

我完全同意她的见解:"如果有香港的女人要来学肚皮舞,有什么门路?"

她拿出一张纸写了Mishaal的名字和地址。

"发个电邮去查问好了。"巴士小姐说,"她们都乐于教导,学费不是很贵,肯学的女人,会发现她们有力量改变人生。"

音乐又响,她向我做个飞吻,又上台表演去了。

我祝福她。

女人要有好奇心，总是好看

男人做起事来，很美。

一部电影的导演，在现场指挥各个部门的工作，每个人都有问题来问，他在做决定时发挥出来的魅力，女人看在眼里，都要倾倒。虽然，这个导演，样子长得像一只老鼠。

女人也一样。

一个演唱会的统筹，灯光师打光不够理想，她纠正。麦克风出了毛病，如何补救，等等。一个个的难题冷静判断，发出又准又狠的命令，这时，她也很美的。

我既不是一个导演，又不是一个统筹，只是一个家庭主妇，美个屁，女人说。

厨房是你们的现场，每天不同的菜肴，都那么可口，是第一步了。

带孩子出来，衣着整齐干净，对人有礼，已是成绩。

办公室中的白领，态度轻松，工作勤快，没有人会讨厌她。车头插了白色姜花，与客人闲聊几句的出租车司机，也惹人欢喜。

人类只要有好奇心，总是好看。

举个例子，张艾嘉的祖母，七十多岁时来到香港，要我们带她上迪斯科，看完觉得没什么，直到去了无上装夜总会，她才啧啧称奇。

她一生中所见所闻无数，美好的东西，她都接收。学习过程中，她得到了智慧，像她把家里男人的旧领带都收集，一针一线，将一条条领带拼在一起，缝成一件烧菜时用的围裙，令人叹为观止。

另外一个朋友的祖父，什么东西都能修理，孩子们每个星期天盼望他的光临，把破烂玩具搬出来，双手托着脸看他动手。

当然，古人说女子无才便是德这句话，非常迂腐，但也不无道理，少了一条筋的女人，嘻嘻哈哈爱笑的单纯傻女人，也非常愉快，懒洋洋地眯着眼看男人，也很难抗拒的。

我最喜欢的女人，是求进步的女人

认识Amanda从做《品味》那个节目开始，之前听周中说，模特儿界中，个性奇好的有一位，就是她了。起初，觉得她的粤语并不灵光，说得太快她就抓不到，但我们又不能因为这样而拖慢整个节目的节奏，正在发愁，后来发现，她的领悟能力一集比一集进步，而我最喜欢的女人，是求进步的女人，和她的沟通愈来愈多。

一起去拍台湾地区特辑时，到了乡下，她听到"巴布""巴布"的声音，兴奋起来，冲上前去找。原来是雪糕车发出的，是她小时在台湾长大的记忆，她的普通话讲得比广东话好。有时，我们会用普通话交谈。

周中说得一点儿也不错，这个女人个性好到极点，从不在背后说模特儿界的丑闻。她的见解是："私生活中很少和她们交往，工作时见面的时间也短，大家不会留下坏印象。"

"有什么不吃的吗？"我问。

"吃过之后才知道自己喜欢或不喜欢。"她说，"我们现在做的是饮食节目，你给我吃什么就吃什么。"

对于肥猪肉，她一点儿也不抗拒，最爱台湾的"割包"，一大块五花腩卤得香喷喷，夹着甜花生碎和大量咸酸菜，一吃好几个。

但还是能保持得那么瘦，细腰好像随时会折断，是天生的模特儿材料，但她知道自己在做些什么。她说:"总不能在四五十岁时还走天桥呀,我已定好一个方向,这十年来不断往目标去走。"

她的目标,是开一家甜品屋,当今实现了,Petite Amanda就在IFC的星巴克隔壁,很好找。

Amanda起初是想先在铜锣湾开店,我也研究做优质米铺的生意,和她一块去见那商行的主管。对方是个日本人,也不知Amanda是什么人,看了她的背景资料之后,老不客气地问:"模特儿,和甜品搭上了什么关系?"

"一点关系也没有。"她中肯地回答,"但是这个知名度让我打开很多门户,四季酒店中的法国餐厅Caprice有一位我尊敬的甜品师傅肯收我为徒弟,在他那里学习了很长的一段时间。"

"做做学徒罢了,甜品还是需要基础的呀。"对方怀疑。

她点头:"所以我又跑去巴黎的蓝带学校,专攻甜品。"

"学费不便宜呀,加上住宿,你家里很富有吗?"

"过得去,但我从来没有用过他们一分钱,来香港做模特儿也是从低做起,赚到的,够我在法国的开销。"

对方已经哑了,这是前几个月之前的事。在这段时间内,她一面做模特儿工作,一面默默地组织一个中央厨房,又花重金从巴黎请来两位法国师傅,来补她的不足。

要知道,所谓的法国面包店(French Bakery)包括三个部分:甜品(Pastries)、面包(Bread)和甜面包(Viennoiseries),由那两位法国师傅和一位中国师傅主理,她本人则负责一切的设计,四位配合,才完美。

师傅们又和Amanda一起去参观了 Hofex的展览。她和师傅们去找厨具，像带着两个孩子，由一个瘦弱的小女子，变成一个严肃的母亲。

之前把产品试了又试，店的装修又要跟进，Amanda一天只能睡四小时，见到她时，手腕炙伤多处，真是又可怜又敬佩。是的，她将是一个成功的老板娘。

从前女子的优雅，只剩下自己时才不化妆

年轻时常被美丽的明星包围，干的是电影事业嘛，免不了的。

别人好生羡慕。

其实和电影明星在一起是件苦差事，在水银灯下欣赏她们的美貌，私底下迫着要看到她们卸了妆的丑态，很受不了。

拍外景或到外地去做宣传时，一有空暇，这群女子便大大咧咧地洗完脸跑出来。

哇，怎么都是脸青青的？也许是每天化妆化得太浓，脂粉中的铅质袭透了皮肤，脸上一块块的瘀黑斑纹，令人作呕。

眉淡了，眼睫毛也不见了，这些人怎么个个都是蒙猪眼？神奇胸罩除下，身材更平平无奇。

当然，其中也有些不化妆比上镜更好看的例子，但毕竟是少数。

我一向和女明星保持一个距离，也并非清高，只希望她们别让我看到真面目。

化妆除了是职业所需，也是一种大都市的社交礼仪，和不是很熟稔的人在一起，淡淡地搽半层粉，也应该吧？

公众场合下，明星应该化妆的，但时常看到什么表演的彩排，她们就死都不搽一下粉，难看到极点。

女人要是完全不化妆，也显得自然，看惯了还是舒服的，更给人一种不食人间烟火的感觉。

很佩服从前女子的优雅，只剩下自己时才不化妆。她们总是在别人睡后洗脸，身边人起身之前已略施脂粉。

家母数十年来还一直保持这个好习惯。

一般女子经常化妆，下班后洗脱，干干净净，就没有女明星的毛病。既然做了演员，便要终生扮演一个自己的角色。人生毕竟不是一般恐怖片，希望她们能有点礼貌，不再以演摄青鬼姿态出来吓人。

好的女人不会老，只会越来越优雅

我常说："好的女人不会老。"

真的。她们愈来愈优雅，比俗气的女人年轻许多，也很难猜出她们的年龄，都停留在三十左右，最多也就四十。

曾经以流行曲来试探过：会唱披头士是一代，猫王另一代，法兰辛那特拉又是一代，懂得唱冰歌罗斯比的，已不敢去猜。

当然，那群特别喜欢老歌的年轻人又另当别论。还有父母爱听什么，也会影响到下一辈人的钟情。

品位能增加她们的魅力，像衣服颜色的配搭，令人看得舒舒服服；像不去深圳抢冒牌货，谈吐就不露出马脚；像不讲人是非，就不惹人讨厌。一般的女人和好女人，分别在此。

最容易老的应该是坏女人。她们由一个可爱的少女，瞬间就变成讲话滔滔不绝的老太婆。

内容贫乏，永远是某某人的老公和某某人的太太鬼混，等等，千篇一律。资料来自八卦杂志。最糟糕的是移民海外的女人，谈的还是过时的呢。

好女人种种花，欣赏些艺术品，恬恬淡淡，皱纹减少，真难看得出她们几多岁。

另一方法猜测也很准确，那就是看她们的英文名字了。

叫Doris的多数的父母是桃丽丝·黛（Doris Day）的歌迷，这些人的年龄群应该在五六十岁，错不了。

叫Sharon的较为年轻，多数是父亲想莎朗·斯通（Sharon Stone）想得发癫。在莎朗·斯通之前很少名女人叫这个名字，除了波兰斯基的老婆。

还有一个百验百灵的方法：掀开她们的头发，看她们的后颈。

后颈上还有些汗毛的，不会老到哪去；没汗毛的，一定过三张。友人常用此法看夜总会的女人，相当没品。知道就是，何必拆穿？自己认为她们不会老，就不老。

你是幸福的女人：不断追求精神上更高的层次

见面时，我们不禁拥抱。

岁月在我们身上都留下痕迹，但她还是回忆中的那个少女，一个不断地追求精神上更高一层次的女人。

刚认识时，她已是位出色的演员。我们一起在东京拍戏，工作完毕，到一家小酒吧去。本来清清静静，给我们又唱歌又闹酒，气氛搞得像过年。是的，那是旧历年的除夕，日本不过农历年，只是个平凡的晚上。我们身处异乡，创造自己的年夜。

另一年的元宵，我们一起到中国台湾北港过妈祖诞，鞭炮的废纸，在街上铺了一层又一层，有如红色的积雪。

从来没见过人民那么热烈地庆祝一个节日，各家摆满数十桌酒席，拉路过的陌生人去吃饭，越多人来吃，才越有面子。

烟花堆成小山，已不是噼噼啪啪地放，而是像炸弹一声轰隆巨响，刹那间烧光一切。

看个地痞变本加厉地拿个土制炸弹掺进烟花中，爆炸的威力令我们都倒退数步。

"虎爷不见了！"听到人家大喊。

这个虎爷是个黑漆漆的木头公仔，据闻是在百多年前由大陆请神明请到台湾来的。北港的人民当它是宝，给那个土炸弹爆得飞上天空失踪了，找不到的话，人民迷信将有一场大灾难。

混乱之中，有些流氓乘机摸了她，我们这群朋友看了火滚，和他们大打出手，记忆犹新。

好在大家都没有受伤，虎爷也在一家人的屋顶上找到了，一片欢呼，结束了疯狂的一夜。

从此，二十年来我们再也不碰头，但在报上、电视上常看到她的消息，由一个专演娱乐片的明星，到拍艺术片，连续得了两届影后的她，忽然地息影了。

电影这一行，始终是综合艺术，并不个人化。好演员要靠好的导演栽培。成为大师级的导演，又是谁出钱给他拍戏的呢？还不都是庸俗的商人。

她寻求自我中心的满足感，终于找到了琉璃艺术这条路。

听到这消息，真为她高兴。这个艺术的领域，还是很少人去琢磨的。

书法、绘画、木工、石雕等，太多大师级的人物霸占着一席。如果大家都是以艺术家身份来互相欣赏，那倒无所谓。令人懊恼的是浑水摸鱼的人太多，攻击来攻击去，已不是搞艺术，而是搞政治了。

琉璃艺术在西周，三千多年前已兴起。历代中产生不少的光辉，到清朝还在鼻烟壶上努力过。近代东方人一直忽视了这门工艺，反而是在西方，深受重视。

美国的蒂芙尼（Tiffany）、捷克的李宾斯基（Libensky）的作品，我到世界的各大博物院中都曾经见过。二十世纪初的西方装饰艺术（Art Deco）中，琉璃作品里也大量运用中国器皿为概念，这门艺术，应该在东方发扬光大才对。

有时看来像翡翠,有时看来像玛瑙,有时看来像脂玉,有时看来像田黄,琉璃的颜色变化多端。

这种法国人所谓的水晶脱蜡精铸法(Pate-De-Verre)复杂到极点。多年来,她一天十几小时,就算酷暑炎午,她还是在四十摄氏度的高温下工作,失败又失败地重复之下,得到的成果,来得不容易。

作品《玫瑰莲盏》中,水晶脱蜡精铸法已发挥到淋漓尽致的地步。碧绿的莲叶,含着那朵鲜红的小花朵,像一块刚挖出来的鸡血石,是大自然浑然合成出来的斑点,意境极高。

众多作品,我最喜欢的是《金佛手药师琉璃光如来》。一只金色的手臂,隐藏着面孔慈祥的佛像,概念是大胆而创新的,这是从来没有看过的造型,应该说是她的代表作吧。

法国人把琉璃艺术发展进商业装饰里,开拓了广大的世界市场,为国家赚取不少的外汇。

我们见面时,问过她是否会走法国人的商业路线?

她笑笑,表示留给她的伙伴张毅去做,自己只攻创作。其实她作品中的"悲悯"和其他不同的主题,是外框很厚的玻璃砖,中间藏着各类雕塑,很适合建筑美学上用,能将一栋平凡的墙砌成一件艺术品。

在我三十多年的电影生涯中,认识的女明星不少。家庭破碎的也有,潦倒的也有,消失的也有。

我也认识很多后来成为贤妻良母,家庭美满的演员,俗人知道也好,不知道也好。

她应该是最幸福的一个吧。看到她的表情,很像《巴贝特之宴》一片的女主角,用尽一切为客人做出难忘的一餐。

人家问她:"你把时间和金钱统统花光,不是变成穷人吗?"

巴贝特回答:"艺术家是不穷的。"

朋友常问说我写的人物,是不是真有其人?她的例子,是真的。她的名字叫杨惠珊,又叫琉璃。

长得清清秀秀、干干净净的，都是美女

看美女是我的职业。

像当店的学徒，起初，什么都不懂。做学徒怎能升为老师傅？很简单，将货比货。好的和坏的一比，当然知道是头等、次等。久了，便成为专家。

现在看女人，一眼望去，从头到脚，仔仔细细，绝不遗漏。

换个长镜头看特写，割过双眼皮、弄高了鼻子、装了下巴，或是本地手术，还是在东洋开刀，即能分辨。

隆胸也不难看出，要是对方肯露一点点的话。隆了胸的女人，绝少不了展示一番的。多数形状就不自然，最明显的例子是，躺了下去还是挺着的。

腰不能假，目前流行的露脐装最能暴露缺点。女人腰一粗，即打折扣。

修长的腿即增分数，腿也不能做手术，从前有个日本整容医生说过："要是我可以在腿上做功夫，早就发达。"

屁股就骗人，现在有种厚得不得了的底裤来伪装臀部。

时常有人问我："你认为最漂亮的女人是谁？"

我不敢回答，怕得罪天下自以为美的女人们。

长得清清秀秀、干干净净的，都是美女。只要看得舒服的，都是绝品佳人。

这种女人，多数是你的母亲。老婆看来看去，总觉平凡。

丑女人当中，只要有可爱的个性，看得多了不生腻的话，都能变为美女，尤其是当你生病的时候她勤加照顾。

被公认为最漂亮的女人，接受访问的话，答案全是一样："我最美的应该是我的气质、我的性格。面貌只是一部分我妈妈，一部分我爸爸。你称赞我漂亮的地方，完全不是我自己的东西，有什么可以值得骄傲？"

丑女人听了，做人应该有自信吧。

我认为女人是为了自己而化妆的

问女人:"你们为什么要化妆?"

对方感到惊讶、不安、受辱:"你怎么这样笨,问这种愚蠢的问题?我们生下来就得化妆,我们从在胎中开始,已经学习母亲天天的化妆。还有,我们是为了你们男人而化妆的呀!"

女人为男人化妆?我半信半疑。我认为女人是为了自己而化妆的。

经常,和一个女人上床之前,她会说:"我先去洗一个澡。"

这一洗,连脸上的东西也擦掉。走出来,吓得你一跳!什么胃口也没有了。她已将得到你,会为你化妆吗?

据社会调查,男女离婚,大多数是因为女方喋喋不休;有小部分,是因为男方在新婚的第二天早上,认为新娘子太丑。

这不是在说笑,为一部电影,我曾经雇一艘轮船,一路由香港拍戏拍到新加坡去。浪大,大家都晕船作呕,但也得继续工作,先拍小孩子的部分。第二天、第三天,我看到一个陌生女人一直和我打招呼,认不出是谁。问了同事才恍然大悟,原来是我们鼎鼎大名的女主角!没化妆,面貌普通得连一个女侍者都不如。

在邵氏片厂的化妆室中,常看到没有化妆的大明星出没。当年化妆品质素不高，又因为舞台及电影的专业化妆品中含有大量的铅，长年侵蚀下来，令到她们脸上生了一块块大黑斑，也蛮可怜的。

女人化妆，有些是为了自己的尊严。家母每早起床，洗脸冲凉后，必施薄粉，才走出卧室，数十年如此。

有一个朋友娶了位贤淑的太太，她一定比丈夫晚睡，卸了妆，才自己去睡。然后一定比先生早起，化好了妆才见人。朋友说："这么多年来，我从来没看过我老婆不化妆的面孔。"

我觉得这种女人很伟大。

也有一点胭脂水粉都不施的女人，清秀自然，为我画插图的苏美璐，就像一位不食人间烟火的仙子。

但是大多数女人都把自己的脸当成一块油布，画了又画，涂了又涂，一层层地加上去，如果从横切面计算，至少有十八层。

经常在八卦杂志上看到什么名流太太的尊容，实在画得令人毛骨悚然，拍照时还永远睁大了眼，白处居多，剩下两小点在飘游，恐怖到极点。

眼镜也是脸部化妆的一部分。在七十年代还流行戴一个镜框特大的，曾经在那么一个女人的家中过夜，三更起床去洗手间，看到她摘下的大眼镜放在餐桌上，吓个半死，以为她被人斩了头。

调查中环上班的女人薪水，至少有一成是花在化妆品上。要骗女人的钱实在太容易，只要生产一种新货，宣传说有效，她们必然争着来买。化妆品公司也着实厉害，做了许多的小样品送人，又经店员推销，女人一下子就上当，把洗手间和冰箱变成柜子，怎么塞也不够位置摆她们的化妆品。

古时没有百货公司或化妆品商店，女人最大的乐趣是等货郎挑着担子来卖，和当今的抢购热潮没什么分别，胭脂和粉扑，比食物还重要。

其实化妆也可以说是一件很浪漫的事，像才子佳人，翌日起身，拿了柳枝烧了，为仕女画眉，此种情景简直羡煞人也。

青楼之中，名妓拿了涂口红的胭脂搽在乳首上，也是性感得要死。

最倒胃的莫过于看到像马科斯夫人那种庸俗老女人的化妆，立法局应该通过一条禁止她们变脸的法律。这种女人什么东西都敢往脸上涂，羊胎素也照用。噫！羊的胎盘呀！那种形状一想起来就恶心，她们还得意地当宝。

这世界是公平的，漂亮的女人化了妆更美丽，像昂山素季。丑妇如某个领导人夫人，在法庭上受审，嘴唇还画得像一颗樱桃，本来已经够丑的了，经这么一涂，更难看得夺人性命。

丑女人永远不自觉，一直学人家买化妆品。不过话说回来，世界上这种女人十之八九，不靠她们购买，化妆品公司迟早倒闭。

最讨厌的莫过于一些跟风的八婆，像鲁迅骂蒋介石所说的：一阔脸就变，所砍头渐多。她们是不需要化妆品也能变脸的，左一个面孔，右一副相貌。数十年后，还不是照样被人瞻仰遗容？

说什么，化妆还是可以饶恕，整容就不能原谅。父母生下血肉之躯，一刀刀地割开，加个下巴，注满个额，弄个钩鼻子，一到老，怎么洗也洗不脱那个划一的丑态。那是自己招来的罪，谁都怪不了。

有些事不做比做好，有些问题不答比答好

到东京去参加一个烧菜的比赛节目，当评判。

日本人很热衷搞这一类电视节目，非常受观众欢迎，每周有四五个定期的，每个都一小时，最长寿的还一做做了六年。

由电视台选出三个大师傅，分日本菜、法国菜和中国菜，称之为"铁人"，再让其他著名的餐厅的总厨前来比试，称之为"挑战者"。主题的材料，是鱼或肉，双方事前都不知道。

"这次的挑战者你一定会喜欢。"编导遇到我时，笑嘻嘻地向我说。

"身怀绝技？"我问。

对方摇头。

"是个美女？"这次错不了吧。

对方还是摇头："别心急。"

有什么大师傅没见过呢？作什么神秘状？

音乐大响，三个"铁人"由舞台下升起，这厢，烟雾之中出现了挑战者，一看，是位清秀得不得了的尼姑，三十岁左右。

节目主持人把布掀开，露出此回比赛的主题材料，是腐竹，虽说很公平，

但也事前安排好，不然出现的是肉，怎么收场？不过，日本僧尼，并不斋戒，会烧肉也不出奇。

挑战者由三名"铁人"之中选一位来决斗，她挑了做日本菜的"铁人"，细声说："我做的也是日本料理，如果选法式或中式，就难见高下。"

要在一小时之内，各做几道菜来让三名评判员吃，"铁人"抢先一步，踏上舞台拿了很多干腐竹，挑战者则一动不动，先把矿泉水倒入大锅中滚。

不只观众好奇，连我们当评判的都想知道她的葫芦里卖的是什么药。讲解的司仪拿着麦克风去访问她，挑战者说："腐竹要新鲜的才好吃。"

说完把大豆放进搅拌机磨浆，用个两层的锅，下面的锅烧开水，上面的放滚开了的豆浆蒸着。

才那么短短的一小时，来得及做出腐皮来吗？我们都替她担心。

"铁人"已将干腐竹用水浸开，加鱼子酱、鹅肝酱和法国黑菌，又煎又煮又炒，手法纯熟地准备了五道菜。

那边挑战者拿了松茸在小灰炉上烤，清香味道传来，她细心地用手把松茸撕成细丝。

时间愈来愈紧迫，"铁人"气喘如牛，加上不断地试食热菜，上身汗水湿透。

挑战者从容地按部就班，食物不沾唇已知味觉，头上不见一滴汗珠，道袍不染菜汁。

豆浆表面冷却后凝成一层层的腐皮，她用绿竹签挑起，有些就那么抛入冰水中。其他配料已经准备完毕，就等这最后的过程。

叮的一声，一小时很快地过去，双方停手。

轮到我们评判登场，摆在桌上的菜，"铁人"做了五味，挑战者只有三味，加碗饭，一小碟泡菜。

"铁人"的腐竹有了鱼子酱等高贵的材料配搭，色香味俱全，的确精彩绝伦，评判都觉得满意。

至于挑战者，第一道是前菜，只见碟中一堆腐竹，试起来香味扑鼻。原来是将鲜腐竹切丝，和撕开的松茸掺在一起，颜色略同，看不出其中奥妙，吃了才知。

第二道是将鲜腐皮炖了，加入乳酪和荷兰豆及胡萝卜丝，甜味来自香菇汁。

第三道是清汤，把大量的黄豆熬好当汤底，漂着炸过的鲜腐竹，上桌前摘菜心的小黄花点缀，漆器的碗本来应该是黑色的，但碗底再铺上一层腐皮，像件瓷器。

白饭煨成之前用荷叶当锅盖，呈翡翠色，掺着的黄色饭，原来是用鲜腐皮搓成的米粒，泡菜是高贵的紫色，用茄子汁染的切片腐皮卷，淋上柚汁。味道清淡之中，变化无穷。

评分表上，我给挑战者满分。

结果发表，"铁人"赢了，兴奋地举起双手答谢观众的掌声，挑战者保持笑容。

事后，在休息室的走廊抽烟，挑战者迎面而来，轻声地向我说："谢谢你，只有你帮了我。"

"做僧尼的，不应该注重胜败。你为什么来参加这种比赛？"

我见她外表脱俗，可以直问。

"这个节目本来就是一场游戏，你的分数公正，但其他两位日本评判是常客，如果'铁人'每次被打败，节目怎么做得下去？我就有心理准备，来玩玩罢了。"

"尼姑也可以抛头露面？"我问。

"我们日本的佛教教条比较入世，不会被人骂的。"她解释，"尼姑也是人，偶尔玩一下，不伤大雅。"

"为什么你会剃度？"我又问。

挑战者惨淡地微笑："我们的寺院庵堂，住持都是世袭的，僧尼也都可以结婚生子。我哥哥怎么能主持庵堂？只剩下我，唯有这条路可走。走一走后也清静可喜。我从小对烹调有兴趣，就在庵堂开了一家素菜馆。"

"那你有伴侣吗？"我想问她有没有丈夫，但还是选择这字眼恰当。

"有些事，不做比做好；有些问题，不答比答好。烦恼减到最少，最好。"她合十。

我目送她的背影走远。

女人先要有礼貌，温柔就跟着来

"银座有几千家酒吧，你去哪一家？"随农历新年旅行团，最后一个晚上吃完饭后目送团友回房睡觉，我独自走到帝国酒店附近的"Gilbey A"去。

主要是想见这家酒吧的妈妈桑有马秀子。有马秀子，那时已经一百岁了。

银座木结构的酒吧，只剩下这么一家吧？不起眼的天门一打开，里面还是满座的，日本经济泡沫一爆十几年，银座的小酒吧有几个客人已算是幸运的，哪来那么热烘烘的气氛？

这家酒吧以前来过，那么多的客人要一一记住是不可能的事，她开酒吧已经五十年，见证了明治、大正、昭和、平成四个时代的历史。衣着还是那么端庄，略戴首饰，头发灰白但齐整，有马秀子坐在柜台旁边，看见我，站起来，深深鞠躬，说声"欢迎"。几位年轻的吧女周旋在客人之间。

"客人有些是慕名而来，但也不能让他们尽对着我这个老太婆呀！"有马秀子微笑。

说是一百岁，样子和那对金婆婆银婆婆不同，看起来最多是七八十，笑起来给人一种很亲切的感觉。

坐在我旁边的中年男子忽然问："你不是《料理铁人》那位评判吗？"

我点头不答。

"他还是电影监制。"这个人向年轻的酒女说。

"我也是个女演员,姓芥川。"那女的自我介绍,听到我是干电影的,有兴趣起来,坐下来问长问短。

"那么多客人,她不去陪陪,老坐在这里,行吗?"我有点不好意思。

"店里的女孩子,喜欢做什么就做什么。"有马秀子回答,"我从来不指使她们,只教她们做女人。"

"做女人?"我问。

"嗯。"有马秀子说,"做女人先要有礼貌,这是最基本的,温柔就跟着来。现在的人很多都不懂。像说一句'谢谢',也要发自内心,对方一定感觉到。我在这里五十年,送每一个客人出去时都说一声'谢谢',银座那么多家酒吧不去,单单选我这一家,不说谢谢怎对得起人!你说是不是?"我赞同。

"我自己知道我也不是一个什么美人坯子。"她说,"招呼客人全靠这份诚意,诚意是用不尽的法宝。"

有马秀子生于一九〇二年五月十五日,到了二〇〇二年五月十五日满一百岁。许多杂志和电视台都争着访问,她成为银座的一座里程碑。

从来不买人寿保险的有马秀子,赚的钱有得吃有得穿就是。

丧礼的费用倒是担心的,但她有那么多客人,不必忧愁吧?每天还是那么健康地上班下班。对于健康,她说过:"太过注重自己的健康,就是不健康。"

那个认出我的客人前来纠缠,有马秀子看在眼里:"你不是已经埋了单的吗?"这句话有无限的权威,那人即刻道歉走人。

"不要紧,都是熟客,他今晚喝得多了,对身体不好,是应该叫他早点回家的。"有马秀子说。

我有一百个问题想问她，像她一生，吃过的东西什么最难忘，像她年轻时的罗曼史是什么，像她对死亡的看法如何，像她怎么面对孤独，等等。

"我要问的，您大概已经回答过几百遍了。"我说，"今天晚上，您想讲些什么给我听，我就听。不想说，就让我们一起喝酒吧。"

她微笑，望着客人已走的几张空凳："远藤周作最喜欢那张椅子，常和柴田炼三郎争着坐。吉行淳之介来我这里时还很年轻，我最尊敬的是谷崎润一郎。"

看见我在把玩印着店名的火柴盒，她说："Gilbey名字来自英国占酒的牌子。那个A字代表了我的姓Arima，店名是我先生取的，他在一九六一年脑出血过世。"

"妈妈从没想过再结婚，有一段故事。"酒女中有位来自大连，用普通话告诉我。

有马秀子好像听懂了，笑着说："也不是没有人追求过，其中一位客人很英俊，家世好又懂礼貌，他也问过我为什么不再结婚，我告诉他我从来没有遇到一个像我先生那么值得尊敬的人，事情就散了。"

已经到了打烊的时候，有马秀子送我到门口，望着天上："很久之前我读过一篇记载，说南太平洋小岛上的住民相信人死后会变成星星，从此我最爱看星。看星星的时候，我一直在想，我先生是哪一颗呢？我自己死后又是哪一颗呢？人一走什么都放下，还想那么多干什么？你说好不好笑？"

我不作声。有马秀子深深鞠躬，说声"谢谢"。

下次去东京，希望再见到她。如果不在了，我会望天空寻找。

欢场女子，都有点侠气

绿屋左边的那间公寓，租给了一对夫妇，男的在一间大公司上班，职位不高，可能因为他本人有点口吃的毛病，女的出来当妈妈桑，帮补家计。

住在大久保那一区的女人，多数是所谓的"水商卖"，做酒吧或餐厅生意的意思。到了傍晚路上一辆辆的士，乘的都是这些女的，一人一辆，穿了和服不方便搭电车之故，赶着到新宿去开工。有时遇上红灯，走过就看看的士上的女人漂不漂亮，她们也偶尔向我们打打招呼，对本身的行业并不感羞耻。工作嘛，不偷不借。

做学生没有钱泡酒吧，认识她们是经过我们的邻居介绍。日本酒吧很早打烊，十一点多客人赶火车回家，再迟了就要乘的士，路途遥远，车费不菲。隔壁的妈妈桑收工回家，酒兴大作，便把我们请去她的公寓，再大喝一轮。

喝得疏狂，又打电话叫其他吧女，七八个女人挤在小客厅中，好不热闹。她丈夫也绝不介意，笑嘻嘻地拿出许多送酒的食物来，好像在慰问辛苦了一个晚上的太太。

初学日语，甚受这群女人影响，在每一句话的尾部加了一个"Wa"。这是女人才用的日语，常被耻笑，后来才更正过来。

被人请得多，不好意思，自己也做些菜拿过去。卤的一大锅猪脚吃完，剩下的汁拿到窗外，下雪，即刻结成冻，将锅底的冻用刀割成一块块，放在碟中拿给那些女人送酒，当然要比鱿鱼丝或花生米好吃得多。她们大赞我们的厨艺，送上来的吻，弄得满脸猪油。

每个女人喝醉了都有个别的习惯，有一个平时不太出声的，忽然变得英语十分流利，抓着我们话家常；另一个比较讨厌的哭个不停；有的拼命拔自己的腿毛，满腿是血；好几名爱脱衣服。

背井离乡，我们都把自己当成浪迹江湖的浪子，而这些欢场女子，正如古龙所说，都有点侠气，不工作时对普通男人眼神有点轻蔑，但对我们则像小弟弟，搂搂抱抱，有时乘机一摸。

血气方刚，摸多了就常到绿屋，挂起红色毛线衣。发薪水的那天轮流请我们到工作的地方喝酒。新宿歌舞伎町附近酒吧林立，一块块的小招牌用望远镜头拍摄，好像叠在一起。有的很小，只有四五张桌子；有的大型，至少有三四十个女子上班。

当年的酒吧，酒女绝对没有被客人就地正法那么一回事，要过一番追求，也不一定肯，还有一丁点儿谈恋爱的浪漫。

每个酒女大概拥有七八名熟客，"火山孝子"一两个星期来一次，十几个酒女加起来就有稳定的生意可做。熟客多了，旁边的酒吧就来叫她们跳槽，一级级升上去，最后由新宿转到银座上班，是最高的荣誉。

熟客来的次数多，就应酬一下，否则追那么久还不到手，只有放弃。

并非每个女的都长得漂亮，起初在客人身边坐下，没什么感觉，但老酒灌下，就愈看愈美。加上这群女人多好学不倦，什么世界大事、地产股票等都由电视和报纸杂志看来，话题自然比家中的黄脸婆多。还有那份要命的柔顺，是很多客人渴望的。

机构中都有些小账可开，这些所谓的交际费是能扣税的，是刺激贸易聪明绝顶的做法。日本商家的高级职员如果到了月底，连一张餐厅或酒吧的收据都不呈上，便证明这一个月偷懒。因此，整个饮食和酒水事业的巨轮运转，养了不少人，包括我们这群酒女的朋友。

日久生情，有个叫茉莉子的已在银座上班，赚个满钵，一身名牌。有天她告诉我就快搬离大久保，住进四谷的高级公寓去，上班方便一点嘛。

"我们不如结婚吧。"她提出。

"什么？"我说。

"你也不必再念什么书了。"她抱着我，"留下来，一切由我来负担。"

现在学会做人，当然懂得感谢她的好意，当年年轻气盛，要女人来养，说些什么鬼话？一脚把她踢开。

事隔数十年，就那么巧，在京都的商店街遇见她，她开了一间卖文具的店，还算有点品位。

"秀子，你快来，这就是我常向你提起的蔡先生。"她把女儿叫来，秀子客气地向我鞠了一个躬，又忙着去招呼客人。"我的外孙已经六岁了。"茉莉子骄傲地说。

"先生也在店里做事？"我找不到其他话题。

"没用，被我踢走了。"她幽幽地望了我一眼，"像当年你踢走我一样。"

我只有苦笑。

"有时在电视《料理铁人》看到你当评判，你一点也没变。"她说。

我希望我也能向她说同一句话。她眼镜的反映中，有个白发斑斑的老头，大家扯平。

比男人更精彩

成龙的私人秘书叫Osumi，日本人。

在东京，成龙有办公室，他派了一个香港女人去学日语，叫Osumi过来修粤语，结果去东京的那个嫁了日本人，而Osumi来了数年，也和成龙的手下文清成亲。

Osumi的粤语很流利，但时常把句子颠倒来说，动词放在最后，是日本人的习惯。

一早开工，她会走进成龙房间，为他放洗澡水，做早餐，等等，一切准备就绪，她才把成龙叫醒。到了现场，她的工作却轻松一点，之前，她总忙得团团乱转。收工之后，她安排成龙的吃饭和解释香港打来的文件传真，又是忙得团团乱转。

有时看到了不忍心，成龙总赞许她几句，但是她最爱听到的是成龙说："明天轮到我放水给你洗澡。"

十二年来，Osumi也将自己训练成一个职业的摄影师，拿着专业相机，在没有摄影人员跟班的时候，她负责拍成龙的生活照，大家在杂志上看到的，有很多是她的作品。对各种傻瓜相机，她更熟悉，因为有许多影迷来求和成龙一起拍照时，手忙脚乱，连自己带来的相机快门在什么地方也不知道，这浪费了成龙很多时间。遇到这种情形，Osumi一个箭步，将相机抢过来，噼噼啪啪地，一连就拍了几张，速度之快，谁也赶不上她。

Osumi的厨艺也很了得，成龙爸爸的茶叶蛋给她学得十足，一煮就是二十个钟。中途有什么人来熄火，一定给她骂，口吻和成龙爸爸骂人熄火一模一样。

真是找不到她有什么缺点，唯一是她不像日本旧女性那么温柔，温柔功夫，反过来让她先生做了。还有，和成龙的一班武师混久了，粗口一流，比男人更精彩。

礼貌和教养很重要

三八妇女节,写天下的女性,莫过于由我最熟悉的香港女人开始。

不必我来赞美她们,据跨国调查,香港女性自我评价甚高。

在职的比率,也为亚洲女人之冠。我到过很多大机构去谈生意,百多人的大堂之中,见到的几乎是清一色的女性职员,男人为弱小的一撮。

与政府的政策也有关系,领导有方,多少个部门的首长,都是女人。

定叫日本女子羡慕死了,拥到香港来求职的渐多。至少,她们看得出,在办公室中,不用为男同事捧茶。

韩国女人反而不见,人口比率中压倒性的雌多雄少,地位永不翻身的低微,故不作幻想,勇敢地接受事实。

台湾地区的也不来香港,因为她们的生存环境已在改变,愈来愈像香港那样阴盛阳衰。从美国留学比较文学的女生在传媒中势力扩大,模仿洛杉矶的妇权运动,总有一天将男人统治。

香港女人不顾一切地出来做事,就算拿八千块一个月的薪水,也请一个四千块的菲律宾家政助理看孩子,自己不管家。那十八万外劳,证实了她们说的关心家庭,是谎话。

有了职业,自信心遂强,是理所当然的事。比她们低级的职员看在眼中,瞧她们不起，也跟着来。冰心所描写的慈母，在香港已经少之又少。

一般来说，她们怪身边的男人太勤力挣钱，缺乏生活情趣，不够运动型，太现实，物质观念太重，知识不广博，最要命的是：他们太迁就女人。

这么一说，男人一无是处，优点也变成缺点了，服侍女人也不是，不服侍也不是。像替洛杉矶女人开车门一样，她们问道："干什么，我自己不会开？为什么你要帮我？是不是歧视我们？"

别以为我对女人的观点是要她们在家里做贤妻良母。出来做事的才有趣，她们见闻广，话题变化多，爱得要死已来不及。

收入最好是完全由她们负责，我们像巴厘岛的男子，耳边插一朵花，整天雕刻木像，闲时斗斗鸡。

我最反对的是有的香港女人，已经没有了礼貌和教养。"等等。"当你打电话找她们的同事时，一定用这两个字来对付，永远学不会说"请等一下"。

当她们来找你，也不说："某某先生在吗？"劈头一句地指名道姓："你是某某？"非亲非故，香港女人有什么资格那么叫男人？

应付这些女人，最过瘾的莫过于倪匡兄。

有一个女记者打电话去旧金山："你是倪匡？"

倪匡兄说："哎呀，好可怜呀。"

"可怜什么？"女的诧异。

"可怜你的父母早死。"

"我爸爸妈妈还活生生的。"女的说。

倪匡兄懒洋洋地说："是吗？奇怪啰。要不是早死，怎么你一点教养也没有呢？"

那份跨国报告中还说，亚洲女性之中，香港女人认为自己最体贴和关心他人，比其他地区的女性更愿意为爱情牺牲。

哈哈哈哈，不是认为，是以为。

"体贴"那两个字反过来用，整天想买名牌来"贴体"倒是真的。

关心他人？连自己的儿女也要菲律宾家政员照顾，偶尔望一眼，就叫关心？关心他人？是关心他人的工作能力会不会超越自己！关心身边的男人钱赚得够不够！

为他人牺牲？爬在他人头上已经来不及了。"牺牲"这两个字怎么写的？这些香港女人不懂。

当然，也有例外。在你写文章骂女人的时候，永远要记得说"当然也有例外"，那些以为是体贴、关心、为他人牺牲的女人都认为自己是例外，才无从生气，也不会收到许多无聊的反击来信。

也许说得过分一点了，我不能一棍子打翻一条船。我的运气比较好，认识了许多的确是温柔和可爱的香港女人。相信男读者们的命也不错，不然怎敢娶老婆？你们家里的，都是例外。

没有家教，不能怪父母，自己可以学回来。事实上愈成功的女人，愈有礼貌，难道你们不想出人头地？

我们阻挡不了香港女人看轻男性，但我们至少可以要求她们懂得什么是教养和礼貌。

在做事当中，认识了对方，恋爱结婚生子，后来辞职做家庭主妇的香港女人占了大部分。先进国家也是这样的，这些太太做好家务，闲时修身养性，学习些小情趣自娱。要不然就是找一件有意义的事去干，像环保、医疗服务、禁止虐畜等，数之不尽。

不单单是求神拜佛的，不单单是教儿子给人家请客时叫星斑鲍鱼的，不单单是妄想症式地搬弄是非的，不单单是以统治男人作为人生目的的。要不然，就算是不必医生处方就能随街买到伟哥，也没用。

香港女人还有一个专长，那就是喋喋不休地洗先生的脑，你要休息时，就来吵你，吵了整夜不疲倦，因为当你上班时，她们可以睡觉。

积极乐观、有自信、有爱心

香港电台的理想女性报告，三十项理想女性的特质之中，选出最重要的十项。结果显示，首三项是积极乐观、有自信、有爱心，但漂亮及身材均不入十项。

这代表什么？代表了香港女人没有"性"。怪不得在另一个调查中指出，香港男人和女人做爱次数全球最低。而生儿女的数目，是千真万确的少。不喜漂亮和身材，怎引起兴趣？

再下来的七项是聪明、大方、有学识、独立自主、细心、干净整洁，最后才排到温柔。

温柔和性也有很大的关系。数十年前，台湾女子最解温柔，男人到台湾地区工作，常被当地女人吸引，流连忘返。

当今，变成上海了。

是的，积极乐观是好的。但香港女人积极乐观吗？倒不见得。怨妇居多。

为何变成怨妇？女强人认为同事是小男人，看不上，嫁不出去。

嫁得出去了，首三年的性生活还好，再下来就没什么乐趣可言，丈夫不去碰她们，不成怨妇也难。

有自信也不错，但这种东西会爆棚的，过度了就变成武则天，你会想和武则天上床吗？

爱心固有，抱抱宠物罢了，也并不觉很多女人当义工。

香港也有温柔的女人，她们多数是头脑少了一条筋，一条烦恼的筋。

这种女人，嘻嘻哈哈，懒懒惰惰，随时和你来一下，迷死人。

有人质问："唔温柔系咪就唔系女人先（是不是不温柔就不是女人）？"

有两团东西，又有聚宝盆，当然系女人，但是从前的台湾女人，当今的上海女人，比较好，但也有例外。

骂女人，一定要说也有例外，大家都当自己是例外，就不会围剿你。

美人是需要浸淫的

和朋友聊天,大家都说:"香港的美女,躲到哪里去了?"

从前在中环、尖沙咀走,总可以看到几个美的,不但男人爱看,女的也喜欢看女的,但是这近十几年来,的确是美女越来越少了。

比较会穿衣服倒是真的,一套套地衬色,衬得很有学问,但是包在衣服内的,并不怎样稀奇。毛病出在只懂得穿名牌,通街是LV或Chanel手袋,是真是假不去管,没有个性是确实的。

像乐蒂、林黛、夏梦等美人已不复见。当年的女子虽然没有名牌,但旗袍穿上来比什么法国货都好看。

友人还说:"现在的女孩子,都没有她妈妈漂亮。"

这句话说得一点也没错。看八卦杂志上的图片,所有大美人的女儿没有一个是标青的,大概丈夫只是有钱,样子普通得紧,共同生下的种,也平凡得多。

偶尔有一两个还可以看一眼的,却跑去竞选香港小姐、亚洲小姐、空中小姐等,已经选得没得再选,只有输入所谓的华埠小姐来充数,实在可怜。

那边厢,像林青霞、巩俐一般的美人也不少,只是不能来香港,有些只走到澳门，躲进了夜总会，街上看不到。

发现的道理是：美人是需要浸淫的。那些从前的美女初入行时也是胖嘟嘟的，不怎么好看。在大都市久了，学会化妆，学会穿衣，学会谈吐，才越看越顺眼。不单是女子，男人也一样。

嫁个有钱人，不如自己当有钱人

嫁个有钱人，一般女子都那么想，连歌星艺员，也千方百计，想嫁入豪门。有钱人，那么好嫁吗？答案是肯定的。最好能嫁个有钱人，后半生不必忧愁。你说不好！有钱有什么用？那都是虚伪的话。

可是，这么说，是有条件的，条件在这些钱一定要男人自己赚回来，如果是他老子有钱，那么不如做他老子的狐狸精，也千万千万别嫁给这种二世祖。

统计有钱人的儿子，多数是被宠坏。嫁了他们，悲惨收场居多。请你把旧八卦周刊重读，就会发现一百对夫妻之中，能够白头偕老的，只有九十五对。

出身平凡的你，嫁给我儿子，有什么目的？还不是为了我们家的钱！这是有钱父亲的第一个反应。

第二，有钱人并不满足，他们希望更有钱。所以养了一个儿子，如果他能娶到一个也是有钱人家的独女，那么她父母死后，钱不又是我们家的吗？别以为粤语残片才有，当今富有家庭，还是围绕着同一观念。

第三，有钱仔从小玩具多，一久生厌。讨老婆，也是一样的，生了几个子女，身体各部位都松懈，哪比得起用各个紧紧部位来讨好你的北姑？

旧社会还好，嫁就嫁，想那么多干什么？新的不同：你不想，人家想。当今闹离婚可是家产一半的损失呀！一辈子辛辛苦苦赚来的，死了留给儿子没话说，才嫁来几年，就要分她一半？开什么玩笑嘛！对了，先让你在律师楼签张纸，说明不分给你。什么？你不肯签？那么你嫁给他，目的还不是为钱？

算了算了，嫁给有钱人，不如自己当有钱人。

遇见昂山素季一样的女人：端庄中带着妩媚

缅甸女人也围沙龙，上身一件很紧身的短衣，隆重场合上多加一件披肩。

纤体公司在缅甸做不了生意，女人多数很瘦，身材修长。

样子像昂山素季的女人很多，清清秀秀，非常有礼貌，先给外籍人一个强烈的好感。

也只有在仰光才看到女人的头发还是黑色，这是多么难得！当今东南亚的日本、韩国的大都会中，女人的头发不是棕色就是金黄，差一点忘记本来的乌丝是怎么一个样子。

烫发要花钱的，少女们多数是清汤挂面式的。垂直的秀发迎风飘扬，轻轻拂过巴士车上少男的脸上，相信心中为之一荡吧。

上了一点年纪，多数打了一个髻，插上朵大红花或几颗白兰，端庄中带着迷媚，很奇怪地将昂山素季的形象重叠在她们脸上。

大概对于钱没有什么概念，我在书店中买了一堆关于缅甸的烹调书，一共是四百多块港币，拿了一沓五千缅元（Kyat）给女店员，她们两人算了老半天，还不知要退还几张给我。

"你们有空的时候做些什么？"我问。

少女微笑："到大金塔中走走，有时也去坐禅，我们这里有很多坐禅中心。"

"拍拖呢？也去庙里？"

"为什么不可以？"她们反问。

"出来做事一个月有多少收入？"

"大学毕业生，每个月只有三十美金，我们有五十。"她们相当自豪。

马路上，可以看到双颊涂着黄颜色粉末的女子。那是一种水粉，用一种叫Thanakha的树皮磨成，华侨称之为"香皮"，据说可以除雀斑和青春痘，令皮肤柔嫩洁白。除此之外不化妆。

我也买了一盒，两块港币。好玩嘛，睡觉之前涂了满脸，半夜起身上洗手间，照到镜子，吓得一跳。

思想上的自由，不管是未婚、已婚或迟婚

你说："我是一个三十多岁的单身女郎，我并非独身主义者，只是未遇到适合的对象。我觉得自己很正常，没有俗人的老姑婆脾气或怪行为。每次看到称呼过了适婚年龄的女性'老处女'，就觉得是一种侮辱。为什么男人迟婚理所当然，女人迟婚就受到闲言闲语？希望你能讲讲这问题。也希望大家不要侮辱我们。"

首先，要是你在乎"俗人"讲的，那么你自己也就是一个所谓的"俗人"，无药可救。

思想上的自由，就是人生的自由，不管你是未婚、已婚或迟婚。我行我素，又不妨碍到他人的行动或思想。你是否单身，并不重要。哈哈，我变成什么南宫夫人了，又像跷起脚来收取五毛钱心理诊断费的史努比漫画中的露西。

结婚或单身，只是一个概念的问题。相信许多已婚者没有遵守过诺言，那和未婚有什么分别？结了婚，并不表示他们有何特权。

我在外国遇见许多单身女郎，都超过所谓的适婚年龄，在她们的社会已多见不怪，大家顾自己的事，所以没有去讲她们是什么"老处女""老姑婆"。

有时候，一些没有麻烦的来往，一点健康的异性性行为，不应受到传统的

道德观所限制，也不用有什么所谓良心责备。只要不陷入不能自拔的幻想恋爱中。性爱在现代，也常是互相认识的开始。

偶然的同性相恋也是好事，因为这只是另一种手淫。以前，大人骗我们什么一滴精一滴血，不是被现代的医者推翻了吗？道德观念随时代改变，目前自渎已不是大件事。以后，间中（偶尔）的同性恋也会被同情的。我再三说过，不反对同性恋，只反对过分的寂寞。

我想，单身女郎和孤独男性都很正常。是否是你们对自己发生了疑问？心中想结婚，这也正常，正如许多已婚的人想变成未婚，没有孩子的人想生，有几个的人后悔。这都是对自己得不到的东西的好奇心。

心中的疑难，自己去求答案。想通了，我是我，管什么他人的娘亲？

手提包，看出女人的个性

女人提着手袋，不但方便，而且是个身份象征，所以名牌厂赚个满钵。

可怜的是这个手袋，上餐厅时不知放在哪里，甚碍手碍脚，一个时期，还发明了一个铁钩，让女士们挂在桌边。

但是女人生性贪心，手袋中东西愈装愈多，铁钩不够力，也就扯直了，皮包"吧嗒"一声掉下了地。有时又给侍者撞一下，掉下去时像天女散花，口红、粉盒、香水、卫生巾、避孕丸跌得满地都是。

所以，女人便把手袋放在身体和椅背之间，吃那顿饭，是多么不舒服的一件事！

既然同样不舒服，就来一个背包吧，一方面可以返老还童地重做学生，另一方面又可以模仿日本女子的和服。当年还笑她们挂一个包袱呢，现在跟着，有什么话说？

"你们找手袋中的东西，"我常问她们，"是用眼睛看的，还是用手摸的？"

如果答案是前者，那么这个女人是理智型的，很冷静地做人；要是用手摸，则多数是感情用事。这个推测很少出错，你们自己分析自己的性格，就知道我的观察差不了多远。

手袋中有些食物的女子，是热爱生命的；她们爱吃东西，又没有时间进食，更是任性地想吃就吃，非常可爱。

女人拿皮包，要不就是大的，愈大愈大方；要不就是最小的，小得像个绣花荷包也很文雅；中中间间，不大不小的，代表这个女人的个性纠缠不清，受不了。

很想看看女人的手袋中装了什么东西，但这是私隐，绝对不能冒犯。女人也应该尊重这个游戏规则，就算几十年夫妇，也不该偷看。

"非看不可！"女人宣布。男人如果无奈，这时候，他已不是一个人。他变成了女人的手袋。

长头发的女人，实在好看

长头发的女人，实在好看。

面容如何，先不去谈它，长发女子不但使男人一见钟情，点点滴滴加起来的一种美态，令人沉迷，不能自拔。

第一个动作，她会把头发勾在一只耳朵的后面。真是奇怪，一边露耳，一边发遮，才能成型。女人两边耳朵都张开来招摇过市，就俗气熏天，无可救药。

第二个动作，头发被风吹乱，把头大力一摆，即刻整齐。

第三个动作是加强第二个动作的，干脆把头垂下，让头发完全散开，再仰首，令头发飘在肩上。女人在梳完头后也常做这动作，使其生动自然。

谈到梳头，长发女郎会抓着自己的头发，左边梳梳，右边梳梳，很少兜头由前额往上梳到后面去的。

将长发结成马尾时，双手忙碌，把发夹或胶皮圈咬在嘴上的动作，煞是美妙，这时她的胸部必然挺起，双臂露出，更显得是百分百的女人。

至于长发女人在洗头时的各种美态，更是不能一一形容。以毛巾揉干头发，已是天下最性感的一回事。

冷气汽车的发明，对长发来讲，是一大罪过。当年开着玻璃窗，强风吹拂,少女长发扑面,微微的刺痛,加上一阵阵清香,让人随时可以死在她怀抱的感觉,已不再。

更大的罪过是《罗马假日》的夏萍(即奥黛丽·赫本),自从她的出现,世上少了多少个长发女郎!

现在在银幕上和电视机里,男人状的短发女子居多,这也许是想学做女强人的低能办法之一吧。

《霸王妖姬》(*Samson and Deliah*)这个圣经故事里,参孙的长发被剪去,变成软弱,原算不了什么。女人剪短了头发,失去了魅力,较之参孙,悲哀得多。

当今好不容易发现一个长发披肩背影的,一转头,是男人。

— 第二部分 —

你当温柔，且有力量

一

有了信心，她们的镜子前面不需要有太多的化妆品。
名牌衣服、鞋子、手袋，可有可无，戴一块小小的玉，
值不值钱并不重要，心爱就好了。
她们的头发不会太短，保持一定的女性化，但也不留得
长到难以整理，喜欢自己洗头，她们爱干净，常常洗，
事后用手指轻轻地把头发揉干，讨厌风筒。

没有腰线的女人,没有未来

看女人,先看哪里?当然是腰。

女人的腰部,是她全身最美丽的地方。

脸上的美丽,因日久生情或生厌,已不是重要。胸部嘛,能够打针,谁知真假?

只有腰,骗不了人。

腰,增之一分则太粗,减之一分则太细。腰太粗的女人,样子像个火柴盒,前面后面多了三块肉团罢了;腰太细的女人,像要随时折断,病态十足,不能引起男人的兴致。

多数女人的腰,毛病出在太长,腰一长,腿即短。也有高腰腿长的例子,但为数极少,如果发现了一个,已是奇珍异兽,必视为宝贝不可。

古人常以蛇一般的腰来形容,到底喜欢蛇的人并不多,是极不恰当的。小蛮腰倒是一绝。蛮,生番也。生番好动,言下之意,令人想入非非。

西方女人的服装,自古以来都注重腰部。《乱世佳人》里黑人女佣为主角拼命缠腰的画面,印象犹新。我们的旗袍也不逊色,虽包得紧,也一望无遗。

发明比基尼的人,绝顶聪明,他突出了女人最应该被欣赏的部位,怎么不给他一个奖？

埃及的肚皮舞，哪里是看舞娘的肚皮？当然是看腰。

腰部能那么千变万化地剧烈运动，看得令人眼花缭乱，叹为观止。

夏威夷的草裙舞也特别诱人，以慢步开始，随着缠绵的音乐扭呀扭呀。节奏快了起来，不停地冲撞，到了高潮，忽然，一发停顿，是很高的境界。

韩国的打鼓舞，舞娘裙子极大，又穿得密密实实，哪看得到腰？但是打鼓舞的精华也在舞娘把腰折断式地向后弯曲，敲打她背后的大鼓，没有特异的腰力，岂能做到？实在妙不可言。

到底最优秀的是芭蕾舞，印象深刻的是看俄罗斯的乌兰诺娃跳《天鹅湖》，五六十岁的老太婆，腰还是那么细，远看之下，像位十七八的小姑娘。

是的，腰要不断地运动，才能保持纤细。一个女人细腰的年数并不很长，十五到二十五这十年罢了。尤其一生小孩，即刻变粗。最佩服一些外国影星，儿女成群还能穿比基尼示众。这一点，东方女子比较差劲。

当然摄影技术能够帮助许多，名摄影家时常教女子把手臂遮住腰部，要不然就以反差较强的灯光去消除她们一半的腰。到底，腰是最难藏拙的。

腰的一部分，叫肚脐。这个名称实在太过人体解剖化。肚脐，多难听！

肚脐应该叫作腰眼，它是整个腰的面目。每一个女人的腰眼乍看之下没有什么分别。但是仔细观察，的确像眼睛，人人不同，有些很美，但是大美人王菲的腰眼就不敢领教。

与腰有重要关联的是小腹。十个女人有九个的小腹是微微地鼓了出来的。平坦的小腹和腰一样，也是女人最美的地方之一。小腹可以锻炼的，经适当地运动，过程并不难，但大多数女人不肯下功夫，只是在照片中以呼吸来收缩，这种状态维持不久，一放松即刻像怀孕四个月。女人通常在不注意时露出丑态，池边坐下，腰和小腹之间出现一道很深的黑线，像要把两者斩开。

小腹之下，便是腿了。奇怪的结论，腰细的女人，多数小腿修长，少有例外。一般人的印象，腰是在人体的中间，把头、胸部分上层，小腹、屁股和腿装在下面。要是一个女人长得这般上下分明，形态一定丑死人了。头、胸应该只占身体的三分之一；腰以下，是三分之二，才合最基本的标准，任何多过或少过这个比例的胴体，都不能算是出色的。

还是怀念从前的日子，我们在开聚会或上夜总会跳舞时，接触女性的第一个部位，除了手便是腰了。探戈、华尔兹、狐步，男人的手托着对方的腰，领导她们向那一个方位旋转，女人穿着什么衣服，都能感觉到腰的粗细。可怜的迪斯科，什么地方都没碰过。

老是谈腰，怎么不聊聊女人的臀部？比起腰，屁股当然是次要，谁喜欢腰粗的女人？臀的大小，则各有所好，有的人偏爱大屁股，他们说从后面看去，圆滚滚的实在诱人。但是腰不细，怎么显得出屁股大呢？喜欢小屁股的又说干腰何事？唉，道理简单得不能再简单，小屁股的女人，腰应该更小。否则整个身子直直的，又如何谈得上美感？而且，屁股大小的嗜好，常因男人本身之伟大或渺小而造成，与美感无关。

一位友人也常欣赏女人的腰部，把许多外国杂志上的图片拿来和太太研究。

"哎，你看，这些女子的身材多么漂亮，乳房、腰和屁股，长得那么相称，应该大的地方大，应该小的地方小。每一个部分都不长在一起。"他感叹。

太太听完之后懒洋洋地反问:"当然每一个部位都不长在一起,你看过乳房、腰和屁股长在一起的女人?"

"看过,你就是。"友人心中说。

但还是欲语还休,以静默收场。唉!

有一技之长,就能选择人生

接到一条小百合的来信不久,她本人储够钱,跑到香港来小住几天,拼命学广东话。

我这一阵子忙得要死,只能在公司和她聊了几句。

"还到处表演吗?"我问。小百合已经近四十了,但状态还是维持得不错。

"唔,"她说,"不过我也想过退休。"

"找不找到传人?"

日本人有袭名的习惯,凡是一代宗师,像歌舞伎、脱衣舞娘,亦是如此,永远让名字活下去。她本名荻原,"一条小百合"轮到她,是第二代,她要物色第三代,才对得起老师。

小百合摇摇头:"那么多新人之中,只有一个还有点潜质,她今年才二十岁,人长得漂亮,又有气质,在舞台上,观众永远不会想象到她是脱衣服的,可惜她……"

"可惜什么?"我已等不及地插嘴。

"可惜她不能接受蜡烛!"小百合说。

"蜡烛?"

"唔，"小百合解释，"先师的艺术，最高境界，是用几十支蜡烛，烧红了滴在肉体上，令人看了叹为观止。她做不了，不能传她为第三代。"

日本人真是古怪透顶。

"她也有专长。"小百合说，"她能把小铁环穿在身体的各部位，像印度人穿鼻的那种铁环。她乳首各穿一个，肚脐一个，下面两个，手脚都有，上台表演的是用很细的钢丝套进环中，把整个人吊起来。"

"咦哟！"我说，"那么恶心！"

小百合若无其事地说："灯光打得漂亮，她本人皮肤又白，像天使那么纯洁，又带诱人的邪恶，刺激得观众拍烂手掌。唉，但是她太年轻，不能学到什么深奥的舞技，只有被吊着飞来飞去啰。"

多旅行才能遇见多彩的人生

友人徐胜鹤拿了一本我谈旅行的书，要我签名送给一个日本女人。

"干什么的？"我问。

胜鹤兄说："是一个从前在免税店做事的朋友，也当过我公司的导游。三十年前，她从横滨乘船出国，当年有两条法国邮轮，'越南'号和'柬埔寨'号穿梭东南亚。"

"我记得。"我说，"我也是从香港乘'越南'号经神户到东京的。"

"她反方向地从日本出发，本来准备经新加坡、西贡再到法国马赛的。船到了香港，停在海运码头三天，她下船到弥敦道上的金冠酒楼去吃了一顿饭，即刻对中国的美食发生兴趣。饭后散步到加连威老道的水果摊，看到一粒大柠果，从来没有见过，掏出一堆钞票给卖水果的阿婆选出几张。阿婆见她信得过人，教她怎么剥皮吃柠果。这一下子可好，她大喊天下竟有如此的美味！就那么弃船，连法国也不去了，住在香港，一住就住了三十年。"胜鹤兄一口气地将整件事告诉我。

我对这个女人大感兴趣，请胜鹤兄约她星期五在尖东的东海酒楼饮茶。

一位端庄贤淑的太太准时出现，自我介绍后坐下。

我开门见山地问："三十年前日本人出国的并不多，你怎么会单身去旅行的？"

"因为失恋。"她斩钉截铁回答得清清楚楚,"我爱了他那么多年,没想到他拒绝了我,真是一个很大的冲击。"

"为什么选择法国?"

"当年日本人都羡慕法国人的浪漫,一提到旅行,第一个想到的就是巴黎。"她解释。

食物开始上桌,我请客,叫了很多东西,当然有虾饺、烧卖、排骨、腊味饭和例汤等。

见她将凤爪细嚼,鸭舌头也吃得津津有味。看人家吃饭,真开心。

"在日本哪有这么多东西吃?"她说,"一个面豉汤,下点豆腐或者蚬仔,已经算是很丰富的了,我到现在还是不明白他们为什么把面豉汤当宝。"

"自己会做菜吗?"我问。

"岂止做菜,我还会煲汤呢。"她自豪地,"用响螺头,煲杞子淮山,加只老鸡,不知道多甜!那些汤渣我本来都吃光的,但是我老公家人说只要喝汤就行,响螺头肉切成小片拿去喂猫,多可惜!"

"你很例外,有些日本人什么都不敢吃,鸡脚鸭舌,他们认为是下等物。"我说。

"那是因为他们又穷又自卑。"她说,"人一穷,只吃几样东西,其他的没机会试,当然不敢吃。不敢吃,就轻视吃的人,那是自卑感变成自大狂。"

"你多吃点。"我夹菜给她。

"日本男人哪肯这么做。"她道谢后说,"女人也好不到哪里,省吃俭用,买皮包就一点也不吝啬,不是Chanel就是LV,门面功夫做得十足。"

"最近有没有回去过？"

"上几个月回去了一趟，也没有听到亲戚朋友们提起吃一顿便饭。谁稀罕吃那些吃来吃去都是那几样东西的日本菜呢？"她愈讲愈生气，"我住了三天就想回来，到最后还是我老公劝我多留一个礼拜。"

"什么国家，都有一些好人，一些坏人吧？"我说。

"是的，也有一些好人，不过一般上都很假。拼命鞠躬，都不是出自真心真意。"日本人说日本坏话，说个不停，真是个活宝。

"先生呢？"我问，"是广东人？"

"唔，当然不嫁日本人。"她说，"其实也不是正式的老公，同居罢了，单身女人来到香港，要留下也不容易，后来经朋友介绍，和一个香港人假结婚，离婚手续办了三年，烦都烦死我了，还结什么婚呢？现在的这个男人有子女，我当他们自己生的，还帮忙抱孙呢。"

"几十年一下子过，真快。"我也感叹。

"真快。"她说，"想到那粒柠果，像昨天的事，金冠酒楼的菜真不错，现在的厨房做不出了。那家餐厅还铺了地毯，日本平民化地方哪里有那么好的装修。还有经过海防道，当年有一排排的大排档，看到客人坐在长凳上的小椅上，怎么不会跌下来？我也挤上去吃。苦力们看到一个年轻女人肯和他们一齐吃，都来和我聊天，那种感觉，真好。"

看现在的样子，可见当年也是一大美人。我问："人生走了这么一大段路，最好的是什么？"

"最好的肯定是旅行。"她回答，"我最爱看的就是你的旅行节目。"

"那个抛弃你的男人，还有没有见过？"我问。

她笑了:"来了香港几年后,我专程回过日本一趟,约他出来喝杯咖啡,我看到他的领带打的结上面有油渍,他穿的鞋子,鞋跟磨掉了一边。我高兴得叫了出来,我幸好没有嫁给他!要是不出来旅行,我永远看不出他的缺点,也永远看不到自己的缺点,你说旅行多好!"

她比烟花寂寞，因此搏命地燃烧着自己

"第一次看到西赛尔，就被她那对绿中带蓝的眼睛深深地吸引住。"菲利普说。

"我也是。"我摇着头，"可是她想做什么就什么，那种个性，谁能受得了呢？"

"可不是？"菲利普回忆，"她和她的母亲一起来到泰国，进了旅馆的房间，就拉我到洗手间里面做爱，高潮时拼命叫，也不管她妈妈听到，这可把我吓死了。"

"你走出来时是怎么面对的？"

"她妈妈装成若无其事，对着电视机，看泰国新闻，一句也听不懂。"菲利普说。

我笑了出来。

"后来，"他说，"西赛尔和整组工作人员都发生关系，连烧饭给我们吃的那个人也没放过。"

我笑不出："听说她得了艾滋病。"

"我也听说了。回到法国，我马上去检查身体，才知道没有事，但是已经把我吓得半条命都没了。"

"她后来还从巴黎来香港看我。"我说,"那时候带着的男人,原来是法国著名的香槟厂少东,大撒金钱,乘私人飞机来的。"

"是呀。"菲利普说,"西赛尔回到巴黎后,在上流社会混得很开,他们都是一群戴着假面具的人,从来没看过一个那么天真无邪的少女,深深地迷恋着她。什么样的公子哥儿都有,西赛尔说什么,他们就做什么。"

"她可不吃那一套的。"

"可不是嘛!"菲利普说,"被那么一群人围着,有时到了深夜,还打电话叫我出去,说她很寂寞,很怀念在泰国那段无忧又无虑的日子。"

"那个香槟少东是怎么样搭上的?"

"西赛尔认识不少人,也都和他们上过床,其中有个出名的摄影师,为她拍了一张照片,登在杂志上面。那个少东一看到她的眼睛,即刻千方百计地来找她。"

"玩玩算了?"

"起初大概是那么想吧,睡过之后就要避开她。但是在谈话中,他发现西赛尔用最基本、最单纯的眼光看这个世界。虽然没上过什么大学,但是看的书极多,又有一个好记性,什么诗句都能朗诵出来,就觉得她愈来愈可爱,离开不了她。我听他说过,西赛尔的情绪随时转变,每一刻都像一个不同的女人,刺激到极点。"

"但是西赛尔什么人都睡的呀!"

"他也接受了下来。"

"怪不得当他带西赛尔来香港的时候,他常故意走开,让我们在一起。"我说。

"那你为什么不和她来一下?"菲利普问。

"要来早就在泰国小旅馆里已经干上了,"我说,"是我带她去看医生的,医生说她有病。"

"什么?"菲利普大叫,"你早知道了,为什么不告诉我?"

"你们一来已经做了好事,轮到我讲给你听,已经太迟了。"我说,"不过我警告那组戏的一个香港来的工作人员,向他说快轮到你了,还是小心一点。"

"结果呢?他有没有上过?"菲利普问。

我点头:"上了。"

"你有没有问他为什么?"

"我问过,他说他和她谈了一晚,觉得她很可怜,应该保护她。"

"有没有得艾滋病?"

我说:"是不是艾滋病我不知道,过了几年,他就死了。"

"那个香槟厂少东也向我说过,只要能和西赛尔在一起,其他的,都不重要。"

"但是两人还是分开了?"

"嗯。"菲利普说,"西赛尔也是爱他的,但是受不了男方的父母,受不了他的亲戚朋友的伪善。男的痛苦到极点,开始吸毒,愈吸愈深,控制不了情绪,每晚出席大场面时都闹得很僵。"

"是男的抛弃西赛尔?"

"不,是西赛尔主动离开他,说不愿意看到他为她痛苦。"

"两人到底有没有结过婚?"我问。

"结了,还生了一个女儿。"

"啊!"我心中有个疑团。

"我最初以为离了婚,西赛尔可以得到一大笔赡养费的,但她只抱着女儿走,一分钱也不要。过了一年,她就死了。"

我忍不住:"那女儿有没有病?"

"没有,是个正常的孩子。"菲利普说。我舒了一口气。

"死时是多少岁的?"

"二十三。"菲利普说,"她搏命地燃烧着自己,死亡,也是她的愿望。"

"她有没有告诉过你,为什么遇到男人就要和他们上床?"

菲利普悲哀地:"她说,她爱所有的人类,只有对方深入她的身体,她才真正地接触到他们,这个世界上人与人之间的冷漠,太可怕了。"

我无言。

到时间告别了,我问:"你呢?你有没有结过婚?"

菲利普说:"我受了西赛尔的影响,很想去接触一个人,但是后来和女人一直没有缘分,变成一个同性恋者。我认为,只要有人关心,男女都不是问题了。"

愿你洒脱、自由

周围的朋友，越来越多"老处女"出现。当然这只是用来形容还没有结婚，她们早就不"处"了。

"独身女强人，多好，逍遥自在。"我说。

她们惊讶："哎呀！要死了，我还是想嫁人的呀！"

想"嫁"，这个观念已经是完全的错误，作为一个女人，她们却说不出："我是想结婚的！"

现代的婚姻已是双方决定的事，为什么一定要"嫁"？"娶"不行吗？

女人的通病就是等待人家来追求她们。既然要求男女平等，为什么不主动呢？

"哎呀！要死了！那不是变成女色狼？"

女色狼有什么不好？风流而不下流也不是男人的专利呀！羡慕一些风度翩翩的公子，为什么自己不可以做一个玩得潇洒的女人？

"说得对。"她们回答，"但在身边的男人，有哪一个看得上眼呢？"

的确如此，从做少女开始，她们已中了罗曼蒂克小说和电影的毒，一直希望有个白马王子。

白马王子是一种濒临绝种的动物，他们只存在童话里。三十几岁的人了，还在骗自己，羞不羞！

话说回来，这也不能怪你。包围着你们的男人，学识比你们低，致命的是，收入也比你们低。

有几个臭钱的，又扮成什么公子，实在令人作呕。

略为有诚意的，样子又长得比《一百零一次求婚》的男主角还要丑。唉。

而且，天下好男人，都有了老婆！

最糟糕的是，要是没有老婆的，都是在搞同性恋。

很难得的情形之下，邂逅一个值得去爱的男人。

"哎呀！为什么和木头一样，一点反应也没有？"

毛病出在男人都怕失败，怕没有面子。万一给对方拒绝，又到处乱讲给别人听，丑死人了。

这个时候，你必须出击。

当然，如果在同一个地方工作，也许可以慢慢地由看电影、聊电话做起。但是如果这个男人是你在旅途中看到的，或是你认为今后接触的机会不多的，那么你就应该采取即刻的行动。

"什么行动？"她大叫起来。

握他们的手呀！不经意地。

"哎呀！要死了！握他们的手？别以为只有你们怕丑，我们女人更怕丑，万一让他们讲给全世界的人听，那以后怎么做人？"

别怕，这件事不是你每天做的。千万不要忘记，你是一个名副其实的"老处女"，你有你的不随便的声誉，不幸地遇到一个衰男人，你只要打死都不认就好了。

"嘻嘻，那种男人，我怎么看得上眼，他说我握过他的手？来世吧。"你可以这么说。

万一这个木讷的男人接受了你的示爱，也紧紧地握着你的手，那么一步跟一步，最后上床是必然的。

一定要他们戴避孕套，这个年代，不洁的性，不是闹着玩的。把这个回合当成健康的运动，出一身汗，调整体内荷尔蒙，好处多过弊病。

完事后，千万别忘说："我亦很享受！"

"哎呀！要死了！那多贱！"你说。

贱？正常的性爱，怎么可以说是贱？

"至少，你不能阻止他们认为你是一个一见面就上床的女人呀！"你说。

对，要细心听下去。

和对方睡过一次觉后，不管你多么爱他，也千万要忍着，再也不要给他第二次！

愚蠢的男人，以为发生了关系之后便会有下文，哪知电话也没有一个。怎么一回事？他们开始疑惑。在寂寞的时候，他们一定会主动和你联络。

这时候你尽管告诉他，大家好过，有个美丽的回忆，再下去不一定有好收场，不如到此为止吧。

对方要是从此不找你，那也算了。

以为得不到女人的爱，自己一定有毛病，贱的是男人！他们会坚持要和你见面，这时你坦白地告诉他你不是一个和什么人都上床的女子，在正常的情况下，你需要恋爱，才能做这种事。

男人如果答应，重新由看电影、吃饭、谈天做起，他一定会改变对你的印象，知道你是一个好女子。终于，他说："我们结婚吧。"

曾经有很多个女人接受了我的推荐，现在抱着白白胖胖的儿女，非常幸福。也有多个不听的，现在还在继续抱怨："哎呀！要死了，我还是想嫁人的呀！"

做，机会是一半一半；不做，机会是零。这是我一向的哲学，试试看吧，你会发现无往不利。

长得干净、美丽，具有内在的生命气质

数年前在日本的一本叫《邮报周刊》的刊物中看到几幅裸女照片，相中人身材骄傲，成熟得诱人。

但是此类照片每一个礼拜都出现，市面上数十本同样的，每期至少介绍两三位，又有什么出奇之处？

不同。身体的完美有的是，但这个女人长得干净、美丽，一点庸俗味道都没有，气质非凡，要她脱光衣服拍写真，像一件不可能的事。

只登着她的名字，缺少一切资料，就打电话给摄影师，道明来意，说要拍电影请女主角。

"为什么偏选中我？"见面的时候，这是她第一个问题，不是先问付多少报酬。

"在香港电影圈中找不到像你一样的人。"我回答得坦白，她能接受。

"需不需要和监制、导演上床才决定？"她问得直接，再插一句，"如果剧本好，我并不介意。"

"导演我不知道，是你们两人的事。"我说，"监制不必，我们只当你是商品，商品不乱动。"

这答案她也似乎满意。她深深地一鞠躬："好，看了剧本再说。谢谢你给我一个机会。"

一个星期后,得到她的回音:"故事好,角色不错,我会尽力去演。最后还有一个问题,不知道你们会花多少钱去拍这一出戏?"

"七百万港币。"我说。

当年的汇率,是一亿日元。

"你们肯花那么多钱,表示不是一部普通的成人电影,我很乐意接受这个挑战。"她说,"不过我要带自己的化妆师、发型师和经理人兼保姆。"

"不行。"我斩钉截铁道,"你看过剧本,知道要演的是一位民国初期的中国烟花女子,你的化妆师发型师对这个年代熟悉吗?他们的造型会好过我们的吗?要带保姆我能了解,也可以为你推挡男人的追求。"

"有人追我吗?"她笑了。

"也许我会是第一个。"虽然难以抗拒,但不会去碰她,只是恭维。

"谢谢。"她又深深地一鞠躬。

"中国女子从来不那么鞠躬法的,请你从此改变这个生活习惯。"我说。

"是。"她又要鞠躬,到了一半,停止了,是一个学得很快的人,大可放心。

抵达启德机场,她行李四大箱,工作人员为她搬,重得要几个人一起动手。

"都是书。"她迷惑道,"我收集了民国初年的各种散文和笔记,还有很多小说,但是怕我们日本人翻译得不好,原文又看不懂,怎么办?"

我不相信她会啃完:"可以问我。"

这时她才欣然地笑了出来。

一般女子到了香港先去置地广场买名牌货，这个人一味往好莱坞道的古董店钻，买到了一个民初发饰，欣喜若狂，道具要为她付钱，她坚持掏腰包。"自己买到的，是自己的东西，懂得珍惜，更能入戏。"

有这么一位演员，一定拍得顺利。但是问题发生了。导演说："这个女人不出门，也不吃东西，一直看书，身体愈来愈瘦，已不丰满，怎么办才好？"

"先拍堕落后的戏吧。"我向导演建议。

过几天，接到她的电话："本来导演很困扰，现在活泼得多，我知道您替他开解了。一切都是我不好，害你们花那么多的心机，真不好意思，谢谢您！"

"不许鞠躬。"我说。

"以为电话中您看不见呢！"她笑着说，"不会再犯错了。"

又过几天，导演呱呱大叫："那女人忽然说要回东京一个星期，怎么办？"

"非回去不可吗？"我在电话中问她，"什么理由？"

她犹豫了一刹那，回答我说："我母亲死了，一定要回去。"

怎能阻止她？片子停拍了七天，好在损失并不大。

满脸春风地，这女人回来了。

"丧事办好了？"我问。

"骗你的。"她说。

"骗我干什么？"

她忽然拉起上衣，露出丰满的乳房，吓得我一跳。

"不去隆胸，戏怎么拍得下去？"她满意地说，"请不必担心，是从腋下植入，没有疤痕。"

我不想给她看到感动的表情，抱了她一下。

"值得吗？"我问。

"值得。"她说，"我是演员嘛。"

这次轮到我深深地为她鞠了一个躬。

自以为是女强人的假女强人最讨厌

听到"女强人俱乐部",香港的商界女高层都想参加,但我要说的,并非她们想象中的那种。

这是一个叫伯利兹(Belizean Grove)的组织,只有顶尖人物才能当会员,来自各大机构,有环保人士、科学家,甚至政治家。每年一次,她们集合在一些鲜为人知的度假胜地,讨论和交流心得,令到这小圈子的人增加更多财产、丰富更多知识和扩大更强的权力。

不过,从它的名字,也可以知道她们是向男人学习的。相同的组织,有个叫Bohemian Grove的,会员包括了艾森豪威尔、尼克松和布什父子。

"女强人俱乐部"成员平均五六十岁,她们都是Xerox、P&G、NASDAQ的主管,还有美国最高法院的前法官。

互相交换情报,拼命赚钱,支持有潜质的新秀,是她们的目的。

每年一次的集会,为期四天,吃喝玩乐之外就是在你我之间的基金上做投资。有了内部消息,更有进账,这四天,只有女性才能参加,但是有没有男人扮兔子服务,不得而知。

香港的女强人,想成为会员,门都摸不着。是她们来找你的,你找不到她们,只能羡慕。那一群人长得是什么一个样子?大家很少露脸,也不知道,不过不可能是风情万种的吧?要做女强人,第一个条件是放下其他的一切，一心一意向上爬。

我们乐得她们去拼命，自己在家里做做菜，采一朵花插在耳旁好了，我一点也不介意身旁的女人是个女强人，但要是每次上床，对方都争着上位，未免枯燥。

女强人并不讨厌，讨厌的是把鸡毛当令箭的自以为是女强人的假女强人。

运动型女人,令人爱得要死

正常的女人我当然喜欢。

有病态的也照收不误,娇小玲珑不介意,腰细屁股翘起的巴西式女人很好呀,有一种不太美但高大的,一如英文中形容为"英俊"的我也能接受。

另外有一种,面貌冷酷漂亮,一头长发,但又是运动型女人,也令人爱得要死。典型的是一位叫奥黛莉·梅斯特雷(Audrey Mestre)的法国女人。

干什么的?也许你没听过,她是一位自由式潜水家。

什么叫自由式潜水家?

《这个杀手不太冷》的导演吕克·贝松(Luc Besson)的成名作《碧海蓝天》就是描述这种运动,不载氧气筒,潜得有多深是多深,在二十世纪六十年代兴起,当今已是一种特殊文化的运动,非常流行。

一般的潜水比赛是参赛者拉着一根绳子潜入和浮上。奥黛莉参加的那种叫"无界限"的是乘着重机沉下,等到最后一口气时打开一个救生圆球浮上来,这种方式能潜到最深,保持世界纪录一百六十二米的是她的丈夫,古巴人弗朗西斯科·皮平·菲雷拉尔(Francisco Pipin Ferreras)。

奥黛莉生长在一个靠捕鱼为生的家庭,从小学会潜水,在墨西哥大学专攻海洋学,研究人类在深水时的血液变化,故之遇上了奥黛莉,奥黛莉嫁给了他。这些年来她一直和丈夫竞赛，想打破他的纪录。

这次的比赛，奥黛莉潜入一百七十一米（五百六十一英尺），比丈夫多了九米。在这种深度下，心脏跳动一分钟只有二十下，肺部缩得只有一粒橙那么大，绝非一般人做得到。

结果，奥黛莉断气死了。

唉，那么美的一个女人，才二十八岁，多活几年也许有一天能碰上，真可惜！

为什么不尽量活得快乐

"你要好好读书，才会出人头地。"

"不要只顾着交女朋友，今后大把时间。"

"好好找个老公。"

"你已经超过三十岁了，快点结婚。"

这一类的话，我都叫它们为："阿妈是女人。"理所当然的事，说来干什么？

到了我这把年纪，最"阿妈是女人"的一句话，是："什么都是假的，身体最要紧，健康才是最可贵。"

谁不知道身体健康这一回事？我已经说过很多次：身体健康之前，精神要先健康，这不敢吃，那不敢碰，精神上已经有了毛病，当然影响肉体。

不喜欢人家那么多废话，自己就不说了，我们应该尽量避免说"阿妈是女人"的事。

读书的兴趣完全是自发性的，能不能出人头地，对小孩子来讲，一点也不重要，为什么不告诉他们尽量活得快乐？

青春期间要禁止对性的好奇，难如登天，说这种话的父母，难道自己不经过？不如送他们一打避孕套。

找个好老公谈何容易，爱上的人有老婆，喜欢自己的又看不上眼，让她们自由发展好了，中国人最聪明，以"缘分"两个字就解释一切。到了，自然会找到。

结婚是个野蛮制度，当今的人个个都怕，但是个个都结婚，为什么？要等到冲昏头脑时！那时要阻挡也挡不来。儿女养得那么大，留在身边陪陪自己多几年，有什么不好？为什么要把他们推出门去？

这都是关心你呀！说阿妈是女人的人那么辩论。要关心，用英语说 Take Care，用中文说保重，已经够了。

不过"阿妈是女人"之中，有一句我倒是经常说的，那就是："别斤斤计较，死，你已经玩过！"

女人微醺的时候最好看

看粤语残片,常出现女主角被人用酒灌醉,拉到酒店,第二天大叫"我已失身!"的场面。

女人真的蠢得那么交关?那么容易给人骗去?或者,会不会她们酒不醉人人自醉?也许,借醉装疯和行凶吧?不然,"酒醉三分醒"这句老话又从何而来?

你会灌女人喝酒而弄她们上床吗?人家问我。

不不不不。

要用到那么低级的手法,太没有自信心了。

而且,女人醉起来,一哭、二叫、三上吊还不算,拼命地向你喷毒气,臭得惊人!喊个不停之后,忽然咳的一声,跟着把她肚子里的东西吐遍地毯,接着便鼻鼾大作而睡。

望着这么样的一件东西,你想占便宜吗?你上好了,不用留给我。

虽然我不灌女人喝酒,但是要是她们自愿喝几杯的话,当然是无限欢迎,不过通常我会把女人呕吐的怪现象重复一次,预防她们到达那种可怕的地步。

女人微醺的时候最好看了,双颊粉红,笑盈盈的,偶尔仰头把盖住了脸的长发拨后，可爱到极点。

语到喃喃时，她们松弛地讲一些发生在她们身上的傻事，把一切过去的哀怨都变成了笑语。

有时，她们拼命打嗝，叫她们连喝几口白开水就会好的。她们也一点不猜疑，乖乖地听话喝下去，果然好了，拍掌称妙。

倪匡、黄霑和我在做《今夜不设防》的节目时，也绝对没有逼女人喝酒的那种败坏的行为。我们自己喝，但不勉强人家喝。电视上我们会问对方要不要来一杯，她们要是点头，我们就把酒瓶放在她们面前，让她们自己倒来喝。通常，我们一小时的节目要录上两个半小时以上。和女宾们的对话，第一个小时是热身运动，多数是剪掉。到她们有点酒兴，谈话比较开放的时候才开始用起。

风趣的女子真不少，王祖贤就说她本来是单眼皮，有一天忽然打个喷嚏，变成了双眼皮。

为了让她们更有信心，我们一向对她们说："如果你在录完之后觉得有哪些不喜欢的，或者不想告诉太多人的，那么我们就剪掉好了。"

在最后说不必剪的居多，只有一个例外，那就是其中有一位说："我说过人家都知道我不是处女那一句，不太好吧。"

我们听了即刻请编导删了。

连这点便宜都不肯占，怎么会把女人灌醉叫她们失身呢？

不过，有时我们自己闲聊，倒是能举出许多女人醉后媚态十足地望着男人的例子。

女人要起来比男人强烈，她们坦白和自然地表现她们的本能。这一点，男人做作和虚伪得多。

其实男人是一种很怕丑的动物。想要，又担心一旦提出来，遭对方拒绝，那不是没有面子吗？要是对方向别人乱说，那更不得了，以后怎么见人？

当今的男人就算喝醉，也不至于糊涂到不考虑这些问题，更不会做出粤语残片中歹徒做的事。

可爱的喝醉酒的女人固然多，但是丑恶的更多，她们一醉，即刻用手揽住你的头颈，说一番似是而非的大道理，还不停地问："是不是吧？"

有些行为是令人难以忍受的，比方躲在厕所里不出来，害人以为她在割脉；撕人家的衣服，撕自己的衣服，露出扁如茶杯盖的胸；不停地唱《负心的人》，而且唱得非常难听，等等。

不喝酒的女人并不一定比喝醉酒的女人好，因为会喝酒的人生，至少比不会喝酒的人生，要多快活三分之一。

天下也有不少喝不醉的好女人，她们越喝越猛，越生龙活虎，谈笑风生，是天下八大奇观。你错了，她们并非欢场的女郎。

见过的一位太太，端庄贤淑，人家灌她喝酒，她永远保持笑容，一大水杯一大水杯的白兰地，嘟的一声吞下，面不改色，十几杯下来，周围的男的都倒在地下，只剩下她一个人笑嘻嘻："哎呀，怎么那么没用？"

还有另一个不停喝酒，永远不吃东西的女人，像一只猫，只饮牛奶，活活泼泼，一点毛病也没有；营养来自啤酒和白兰地，到现在还是每天照喝不误。

更有一个，喝完了由女强人摇身一变，成为谐星，什么古怪动作都做得出，模仿什么人像什么人，天下的语言没有一种她不会讲，一面娱乐大家，一面劝人和她干杯，无穷的话题，不尽的欢笑，可惜最后只剩下她一个表演者,其他人都醉倒。

最后一位是早上喝、中午喝、晚上喝,平均一瓶白兰地喝两天。而且,她绝不麻烦别人,给人家请客,也自带袋装瓶子,主人有酒的话照喝,没酒就自动地拿出来。

那年,她已八十四岁,健康得很,不喝酒那天,子女们都替她担心。这是真人真事,她是我母亲。

喜欢何铁手一样的女人

记得在墨尔本查先生的家里做客时，刚看完新出的大字版《碧血剑》。

"你最喜欢书里哪个女子？"查先生问。

我毫不犹豫地回答："何铁手。"

查先生笑盈盈："想想，何铁手的确不错，我也是蛮喜欢。"

《碧血剑》里，男主角袁承志的身边出现过五个女人，他说过："……论相貌美丽、言动可爱，自是以阿九为第一，无人可及。小慧诚恳真挚，宛儿豪迈可亲。青弟虽爱使小性，但对我全心全意，一片真情……"

对何铁手的印象，总是"艳若桃李，毒如蛇蝎"这八个字。当然，何铁手身为五毒教教主，没遇到袁承志之前的生活背景，一定影响了她，令她性情古怪。自小为了练功，给父亲斩下一只手掌，本来更应变得不近人性才是。但个性开朗，这种女子娶了之后才不会有麻烦。

何铁手是个好学之人，见到功夫比她强的袁承志就一心一意要拜他为师，对他的那几个女朋友都叫师母，解开她们的醋意。

何铁手虽然只剩一臂，但书上说她凤眼含春，长眉入鬓，嘴角含着笑意，二十二三岁年纪，目光流转。又说她说话时轻颦浅笑，神态腼腆，全是个羞答答的少女。

金庸小说的男主角，对女人优柔寡断，常被他喜欢的小气鬼女友打一巴掌，脸上出现红红的五指掌印，袁承志也不知爱谁才好。

还是何铁手干脆，大胆向他提出："师父啊，这世上男子纵三妻四妾，事属寻常，就算七妻八妾，那又如何？"

她叫袁承志把他爱过的女人都娶了，她自己却不敢表白情意，做他的五奶，看得读者为她惋惜不已。

"和袁承志睡睡，那多好！"我说。

查先生点点头道："你这个建议很有趣，反正依照她的性格，不会在意。"

男人骗女人，一个愿打，一个愿挨

男人卑鄙起来，什么事都做得出。讨起女人欢心，什么话都讲得出。

我爱你，没有你我活不下去，等等。

哪里听过一个人没有了另一个人，会有活不下去的事实？

相思病，只有在小说和电影里出现。真的爱得要生要死吗？到头来，分开之后，还不是好好地活着？发精神病的也有，但为数极少，不成比例。

外国男人更无耻，把身边女人叫作达令、蜜糖、甜心、亲爱的，但是结婚几十年后，哪来此等称呼？叫"母狗"已算是有良心。

中国男人还学他们。最近在新加坡遇上几对夫妇，照鬼佬一般叫"亲爱的"来，"亲爱的"去，听得我毛骨悚然。

"你爱我有多深，你爱我有几分？"女人问。

男人回答："我爱到你海枯石烂，我爱你一百分。"

海枯石烂？有没有搞错？海哪里会枯？石哪里会烂？根本没有科学证据。这是古人用来骗饭吃的，现代人才不相信。到底，从前的人，比较单纯。

一百分？爱情岂可用分数来计。分数只是一个观念，满分是十的话，一百何从来？若以十做标准，几年下来，剩下的大概只有零点零零几。

有一个笑话说:"一个阿拉伯酋长,遇一美女,想和她做爱,只要她提出的条件,都能做到。"

美女说:"我要天下最大的钻石。"

酋长回答:"我买。"

美女说:"我要天下最大的皇宫。"

酋长回答:"我建。"

美女心动,酋长脱下裤子。

看到他那话儿,美女大叫:"不行,太长了。"

酋长懒洋洋地说:"我剪。"

你说男人卑鄙不卑鄙?但是物质的引诱还是低招,利用同情心是男人的武器。

"我的老婆不了解我。"这是男人惯用的。

但已经在慢慢地进步,发展成男人想出作落寞状,独自上卡拉OK,向女友说:"她不喜欢唱歌。"

或者,男人不分昼夜地工作,女的要他多休息,男人说:"我只有把精神寄托在事业上。"

老婆不了解他?当初娶来干什么?玩泥沙呀?

只有你能了解?等他和你好了之后,他又会说你不了解他了。

为了欲望,男人连丑女也骗:"你真聪明。"

这一招很厉害,男人绝对不针对容貌,他还会说:"你的皮肤很滑。"

不然,他就轻描淡写地说:"这种发型很适合你。"

最笨拙的赞美,女人也逃不过。男人说:"你做事很勤奋。"

刚出道时,男仔追女仔,先从扮成无知开始:"你的笔记借给我抄抄好吗?"

渐渐地,男的愈来愈有信心:"让我看看,我只要看看罢了。"

于是看了左边又看右边,最后下面也看了。

"我的爱,是柏拉图式的,完全是精神上的,不存一点欲念。"男人宣言。

相信他才有鬼。

"不行,你骗人!"女人说。

男人马上翘起三根手指,作童子军发誓状。女人很吃这一套。

那么老了还学人做童子军,真不要脸。

如果童子军这一招不能说服对方,男人便发更深的毒誓:"若有谎言,愿被雷劈!"

天下间死法多得很,给雷劈死,概率比中六合彩更低。三岁小孩子也不相信的事,女人竟然吞了下去。

"我跟她只是敷衍,对你才是真心的。"这个诺言可以在不同的时间,向两个女人说,包管一箭双雕。

其实男人骗女人,一个愿打,一个愿挨,没什么大道理可说。

聪明的女人,明明知道你在撒谎,听了后从心中高兴。装装傻,何乐不为?

问题是在受骗后还要死缠烂打,所以男人只有继续把大话讲下去。

做人，一定要听另一个人的话，是悲剧

蔡澜先生：

你好！我叫阿慧，今年二十一岁。我在中三那年，认识了A君，当时我只是一个年少无知的小女孩，就这样我便委身于他，更不小心有了孩子，对一个只得十余岁的女孩来说，简直……终于我把孩子打掉了！

我十六岁那年，患了初期子宫癌，我父母原谅了我，亦接受了A君。A君每天都在医院照顾我，安慰我，我终于康复了，但以后也不可以生育。出院后，他更对我说只要赚到一笔钱，便和我结婚，但可惜他的父母极力反对，原因是我不能生育。起初我都不相信，因为现在已是九十年代，不过事实真的发生在我身上。

到了我二十岁那年，我终于和A君分了手，因为什么原因，连我自己也不清楚。而我在工作中认识了B君，他的性格和A君完全相反，其实当时我一点也不中意B君，但为了麻醉自己，结果和B君在一起了。B君对我很好，完全不介意我的过去，还当我好像公主般看待，就是这样我便和B君拍拖。

有晚A君忽然致电给我，暗示一直最中意的是我，还约我出来食饭（他知我有B君），我当时好乱，拒绝了他，因为我真的不懂去面对。我知我由

始至终都没忘记过A君，但B君亦对我一心一意，我真的好烦。

以下有些问题，希望你可以回答：

A. A君仍爱我吗？他是否只当我是一个老朋友？

B. 我一次又一次推A君（在这年内，他找了我数次），他会否再找我？

C. A君和B君是否真心中意我，还是一份同情、责任？

D. 我应否两个都不捡？我真的好辛苦！

E. 我不想再拖泥带水，我不想对任何一个不公平，我应怎样做？

阿慧上

阿慧：

中三那年就经过那么多波折，在现在这年头，有很多女孩子都一样，已经不止你一个了，有的还把孩子生了下来。你的例子，算是好的。

患子宫癌在现代医学上来讲，是女人最轻微最轻微的病症，像男人的痔疮，十个女人有九个患子宫癌，别怕。

其实这不过是子宫中的一些不听话、造反起来抢营养来吸收的细胞制成，多数没有毒，不必大惊小怪。不能生育的，也和割痔疮、生子宫癌一样，渐渐地变成很平凡。有些人还故意去拿掉呢！没有后代已不是什么了不起的事，你以为我们生长在粤语残片的年代吗？这事发生在你身上又如何？不生就不生。

和这个B君，显然没有什么好结果，你根本就忘不了第一个献身给他的人。但是，嫁给他的话，也一定没有好结果。因为他以为你跟定了他，理所当然地要听他的话。做人，一定要听另一个人的话，是悲剧。回答你的问题：

A. A君是爱你的，当他没有别人去爱的时候。他当你是奴隶。

B. 你一次又一次地推A君，又一次一次地后悔，那么推来干什么，干脆再给他算了。他当然也会不断地来找你，但是你跟他在一起，他就会找别人。

C. A君和B君都中意你，这是肯定的。A君有一份同情和责任，B君比较潇洒，他是平等身份爱你的，他没有欠你什么。他欠的，也许是前世留下的债。

D. 很好的办法，两个都不要最好，重新开始，才不辛苦。到外国去吧，也许找个鬼佬嫁嫁，是办法之一。

E. 你要是不想拖泥带水，就移民去吧。如果留下，总会对一个是不公平的。

祝好！

蔡澜上

缘分早来更好，晚到也无妨

成为"老处女"，有一千零一个理由，多数是眼光太高，周围男人没一个像样的，一年又一年地过去，等到可以降低水准时，忽然，有一天，被人家叫作"老处女"。

"老处女"只是一个抽象的称呼，她们并不一定每一个都是未经开苞，因为未婚，你们以为她们连那回事也没碰过罢了。

有位上海的长者说："女人最怕的是一直被称为小姐，这是一种侮辱，好女子早就给人娶去，等什么三十多岁还给人叫小姐？"

说来说去还是婚姻制度的可恶，传宗接代观念的落后。西方人的快乐单身女郎，我们叫"老处女"，真应该枪毙。不过称之为"未婚雌性动物"，或者"还没有嫁出去的女人"，都太累赘，为了节省出版商付给我们的字数稿费，还是暂称为"老处女"吧。

看看我们周围，存在不少所谓的"老处女"，她们都长得十分可爱，而且事业有成，只是不肯嫁人，或者嫁不出去，也许是同性恋者吧。

女人搞同性恋我们是双手高举赞成的，什么都好，请别太寂寞。女子同性恋颇有美感，至少看起来比两个大胡子大肚皮的男人揽在一块儿舒服。

天下男人都坏透了，只有相同的雌性品种较合得来。

那么，请便吧。反正不骚扰到社会，有什么事不可做呢？切记别太过分，把对方搞得脸黄肌瘦，就太阴功咯。

做个正常的"老处女"，也是种享受呀。工作时工作，闲下来和朋友吃吃饭聊聊天，也许打几圈麻将，或者跟家人星期天饮茶、看场电影，多逍遥自在！

她们各自有个巢，有些爱整理得干干净净，大多数搞得乱七八糟，但都有自己的生活规律，一旦男人侵入，便把一切破坏。

健身院、健康舞、网球等，是"老处女"消除精神紧张的好去处。光顾得最多的，是美容院，凡有什么重要约会，一定先去洗洗头，吹个靓发，不然就走不出门。美容院，已经成为都市女人的教堂。㗎型的发型师傅，等于是听她们忏悔的神父。

"老处女"偶尔也和男伴出街，男人都是次等动物，和他们烛光晚餐，简直是无聊透顶，但也得调剂一下，每一次都感叹："为什么该约我的不约我，约我的都长得像一具僵尸？"

如果一年有一次就好了，但通常都是数年才一次地出现了一个她们不觉得是言语枯燥的男人。而且这种男人都是已经有了老婆，起初不太肯和他们出去，吃过几次饭后，实在忍不住空虚，给他就给他吧，装成三分醉意，便和他们上了床。

正以为进入温柔乡，这男人像灰姑娘一样，十二点钟之前打着领带要走人。

躲在房内看电视。啊，那洋妞一个人到酒吧去，各个俊男前来搭讪，多么令人羡慕！轮到自己，哪有这种勇气？而且现在艾滋病那么流行，一失足成千古恨。

找一个好好的男人嫁了，不就免了寂寞的煎熬吗？但也不可以随便找一个阿猫阿狗呀！最好是个白马王子，啊，我要嫁一个白马王子！谁不知道你们想嫁一个白马王子？你们早在二十年前已经那么想了！

"老处女"自相矛盾，便坠入痛苦的深渊，这是自取的，不值得同情，这些"老处女"是坏的"老处女"。

好的"老处女"不是这样的，适婚年龄虽然已经过去，但她们并没有时间去介意，过得快快活活。

工作能力上，她们不逊任何一个异性。遇到蠢男人，三言两语，已经令他们自惭形秽。

父母的催促，友人的劝谕，她们当成耳边风，但也唯唯诺诺地假装用心听，对自己的未婚，不想做太多的解释。

自己有了信心，她们的镜子前面不需要有太多的化妆品。

名牌衣服、鞋子、手袋，可有可无，戴一块小小的玉，值不值钱并不重要，心爱就好了。

她们的头发不会太短，保持一定的女性化，但也不留得长到难以整理，喜欢自己洗头，她们爱干净，常常洗，事后用手指轻轻地把头发揉干，讨厌风筒。

这种习惯大概是出自她们单独旅行的时候，几件衣服放入背囊，上路去了。欧洲到过多趟，东南亚熟悉得很，非洲冰岛比较好玩，印度也不嫌脏。

回到香港，她们会烧一餐好好的晚饭给自己吃，不然就东打电话西打电话地叫些外卖送来，每一晚都是不同的食物，贵一点也不在乎，不能刻薄自己呀！

遇到值得欣赏的男人，称心当晚就叫他们来家里过夜，哪管他结了婚没有？但是她们不会蠢到不叫对方做完善的安全措施。和打网球一样，性是健康的。

结婚的念头当然有，一闪而过罢了，反正有所谓缘分这件事。来就来，不来也不惋惜，早点来更高兴，迟的话，六七十也不打紧，只是个伴嘛。

愿你清澈而智慧

除了自己的妈妈，我最怕和其他老女人谈天。古人说苦口婆心，这个婆心很恐怖，总以为所有的言论都要为别人好，才肯罢休。

老女人劝来劝去，都是理所当然的话，永远是"阿妈是女人""阿妈是女人"。

这些人也年轻过呀！在什么时候，她们变成这样的太婆？

话说回来，老太婆也应该有个老太婆样，无可厚非。最怕的倒是中太婆。

中太婆才四十岁出头，往往一件小事都可以痛心疾首地皱着眉头大肆批评一番。发表的理论完全是消极的，担心天塌下来的，永远是早知道涨得那么高就多买的。对生活，一点用处都没有。

身上穿的也许是名牌货，手上钻石亮晶晶，戴个上百万的表，但千万别开口，一开口又是"阿妈是女人"，闭口又是"阿妈是女人"。

看她们的身材，没肥胖到哪里去，还可以用个几年呀，但在她们身边的男人，怎会提起兴趣？

看得出中太婆年轻的时候，是有点姿色的。她们的言行变得那么枯燥无味，绝对是因为她们只和一群八婆做朋友的结果。

那群八婆之中一定有些年纪较大的，聊呀聊，就染上更老的女人的恶习，谈话之中必定夹着嘎嘎嘎声的语助词，唱起歌来手势从右到左，像作打人状。

你传给我，我传给你。结果，一群八婆的扮相一模一样。

要是揭发狐狸精，她们是同心合力，团结在一起。打起麻将互相残杀，诛死你为止。她们只有一句共同的语言："讲给你听，你千万别告诉其他人。"

不知不觉，我自己也患同一个毛病，我讲给你听的中太婆坏话，千万别告诉其他人。

女人最流行的口头禅：是不是

女人愈来愈不像女人，她们会说："大哥啊！"

大哥来，大哥去，哪是女人家说的话？

犯了错误之后，女人总要恶人先告状地自我解释一番，强词夺理地说："你说是不是！"

是不是，这句口头禅已经是女人最流行的话，除了"神经"。

是不是，并非征求对方同意，所以没有问号；是不是，已经肯定了一件事实，而且指定对方非得和她们的意见附和不可。

女人发表意见，讨厌别人反驳她们，她们不能忍受你有其他理由，她们将她们认为的事实硬生生地摆在你的面前——是不是！

是的，是的，男人胆小都是懦夫：是怕死鬼、是软骨头、是孬种、是窝囊废、是脓包、是狗熊。

是的，是的，男人都是坏人：是歹徒、是败类、是狗东西、是浑蛋、是衣冠禽兽、是无耻之徒、是社会渣滓。

是的，是的。男人都好色：是色中饿鬼、是色情狂、是登徒子、是渔色之徒。

但是，你们还是要和男人上床的。

学你们讲一句："是不是！"

这种女人，连头脑也是次货

为什么有些人用冒牌货，一看就看得出呢？答案很简单，因为她们没有用过真的。

拥有了名牌货，每天观察，看到赝品，有两种反应："啊，做得真像！""啊，做得一点也不像！"

没买过正牌货的人，无从比较，只听过这种商标很出名，现在用这种价钱买到这种货，真的也好，假的也好，谁看得出呢？就是用过正牌货的人看得出。

带假东西出街，所有的名媛阔太都走过来赞美，一点也看不出，倒是很有满足感的一回事。有些人这么说。

但是这种名媛阔太的赞不赞美，干卿何事？得到了她们的赞同，代表了什么？看出她们根本不懂货，又如何？

常在直通车车厢中，看到大包小包办了一身货的女人，身穿Fendi，就算是百分之百真的，你也绝对不会相信。

跟随一千多块港币五天游的，带几个LV行李，你说会是真的吗？

身上没有名牌，是死不了人的。穿得干干净净就是，最好连什么牌子都不要，不然买了不三不四的，招牌贴在外面，反而丑陋。

最怕就是买二流名牌。品位之低，一下子给人看得清清楚楚。是真是假，也永远是二流角色。

二流货的佼佼者就是时下流行的次等围巾，披上之后幼毛黐满身上的衣服，还得拼命向人家解释："这种东西刚刚围上的时候是这样的，戴久了就不会脱毛的。"

真是笑话，好货你看过没有？薄得一个戒指也穿得过。新的也好，旧的也好，哪看过它们脱毛？

有些女人，一身都是假的，当然也不在乎围巾是不是会脱毛了。这种女人，连头脑也是次货。

掩嘴而笑的女人啊

和一群少女一起玩，发现她们有一个共同点，那就是喜欢掩嘴而笑。

与美丑高矮绝对没有关系，害羞或否也谈不上。聪明或笨，总之，一律做这个动作，没有例外。

好看的，掩起嘴来掩不住她们的娇柔；难看的，愈掩愈显丑态，属于丑人多作怪，令人作呕。

掩嘴而笑，到底是很小家子的举动，但自己女儿做起来，当然欣赏。所以这个动作只是留着给亲人，留着给你女朋友，留着给你的情妇，其他人一做，惨不忍睹，简直像《雪姑七友》（《雪姑七友》此处指《白雪公主和七个小矮人》）中的老巫婆那么恐怖。

不知什么时候开始，女的渐渐不掩嘴了。是出来社会做事那个阶段吧，办公室中有什么人说一个笑话，反应只是笑得大声或小声。

但是，这群女子，到卡拉OK时，或陪男友吃饭，遇到滑稽事，照样掩嘴。

步入中年，这个动作完全消失，掩嘴而笑只是用来嘲弄对方。

这时候，可能说别人的坏话说得多了，声线也变粗，笑起来咔咔咔咔，像乌鸦多过像人在笑。

也难怪，不插花，不缝针线，不做陶瓷，不读书，一味到美容院和发型师打情骂俏，做做污泥面膜，全身按摩，然后群聚在一起，喝个下午茶，八这八那。

说完之后，回家去把老公当成小孩指导，将儿女当成大人说礼教。

说完之后，又去烦菲律宾家政助理。

最后，大家都散了，剩下女人一个看电视。看到《超级无敌奖门人》节目，见嘉宾互喂芥末，大笑三声，情不自禁地掩起嘴来，这时她骂自己："掩什么嘴？又没有人看到，精神病！"

最让男人着迷的几个小动作

说起小动作，女人有好几样，男人特别喜欢看。比如，梳着她们长发时，的确令男人看得入迷。

有时，她们会轻轻地把遮在脸上的头发拨一拨，也是挺美的，不过这个动作，已有很多男同志会做了。

女人可以一心数用，双手打髻，口中又含着发夹，用牙齿打开。洗头时的种种手势，接着揉干，用毛巾卷起来，往后一纠，变成一个帽子，有趣得很。整理衣物时，她们还会利用到下巴，把裤脚夹住，双手折叠，真佩服她们的本领。正在感叹时，她们觉察了凝视，问说："有什么好看的？"

回到家里，把衣服脱了，换上一件宽松的Ｔ恤，女人感到很舒服。最奇怪的是她们不是除乳罩，而是把Ｔ恤穿上后才做这件事，像魔术师一样，双手左插右插，一下子把胸围从袖口拉了出来，令人叹为观止。

遇到没有吊带，铁扣又是太紧的，男人怎么想解也解不了。这时她们嫣然一笑，把扣子从背后一百八十度地转到胸前，再巧妙地打开，也是男人不能预料的事。

不过，遇到急性子的男人，还是会一下子从上面扯下来，虽然干脆利落，但是情趣就少了很多。

女子已少穿单腿丝袜了，不然在除下时的动作也煞为好看，尤其是双腿互擦时发出沙沙的声音。当今流行的整件双腿袜裤,实在不怎么优雅。

女人也不明白脱衣服时供应的视觉,对男人来讲是多大的一种享受。她们永远先用一条大毛巾把身体围起来再做这件事,最笨的,还要伸手去关床头灯,但也不必担心,多几次后,就会改正。

第三部分

容貌是你灵魂的样子

一

样子普通，但有一股灵气的女人，最值得爱。

什么叫有灵气？看她们的眼睛就知道，你一说话，她们的口还没有张开之前，眼睛已动，眼睛告诉你她们赞不赞成。即使她们不同意你的看法，也不会和你争辩，因为，她们知道，世界上要有各种意见，才有趣。

谈美女

有人问我,你写那么多关于女人的东西,那你心目中的女人是什么?

我一回答,即刻被众人骂:哪有那么好的女子?

骂多了,我学乖,再也不出声。但心中想想,又不要花钱,又无冷言冷语,总可以吧?正在发痴,又被人责备脑中的绮念。

好,就举明朝人对美女的看法吧,要骂,你就去骂明朝人,和我无关。

他们的美女,有下述条件:

一、闺房

美人一定要住好的地方:或高楼,或曲房,或别馆村庄。房内清楚空阔,摒去一切俗物,中置清雅器具,及相宜书画。室外须有曲栏纤径,名花掩映。要是地方不大,那么盆盎景玩,断不可少。

二、首饰衣裳

饰不可过,亦不可缺。淡妆浓抹,选适当去做好了。首饰只要一珠一翠,或一金一玉,疏疏散散,便有画意。

服装亦有时宜:春服宜倩,夏服宜爽,秋服宜雅,冬服宜艳。见客宜庄服,远行宜淡服,花下宜素服,对雪宜丽服。

衣服大方，便自然有气质。

三、选侍

美人不可无婢，描花不可无叶。佳婢数人，预修清洁。时常教她们烹茶、浇花、焚香、披图、展卷、捧砚、磨墨等。

为她们取名的时候绝对不能用什么玫瑰、牡丹等俗气的字眼，可叫她们为：墨娥、绕翘、紫玉、云容、红香等文雅的名字。

四、雅供

在闺房的时间长，所以必须有以下的家私和器具：天然椅、藤床、小榻、禅椅、香几、笔砚、彩笺、酒器、茶具、花瓶、镜台、绣具、琴、箫和围棋。

如果有锦衾纻褥、画帐绣帏那就更好，能力办不到，布帘、纸帐亦自然生趣。

五、博古

女人有学问，便有一种儒风，所以多看书和字画，是闺中学识。

共话古今奇胜，红粉自有知音。

六、借资

美人要有文韵、有诗意、有禅机。

七、晤对

喝茶焚香，清谈心赏者为上。

喜开玩笑好玩者次之。

猜拳饮酒者为下。

八、神态情趣

美人要有态、有神、有趣、有情、有心。

唇檀烘日，媚体迎风，喜之态；星眼微瞠，柳眉重晕，怒之态；梨花带雨、蝉露秋枝，泣之态；须云乱洒，胸雪横舒，睡之态；金针倒拈，绣榻斜倚，懒之态；长颦减翠，疲脸绡红，病之态。

惜花爱月为芳情，停兰踏径为闲情，小窗凝坐为幽情，含娇细语为柔情，无明无夜、乍笑乍啼为痴情。

镜里容、月下影、隔帘形，空趣也；灯前月、被底足、帐中窗，逸趣也；酒微醺、妆半卸、睡初回，别趣也；风流汗、相思泪、云雨梦，奇趣也。

明朝人还加以批注说：态之中我最喜欢睡态和懒态，情之中我最爱幽与柔。

有情和有心则大可不必了。我虽然不忍负心，但又不禁痴心。

不过来个缘深情重，又是件纠缠不清的事。

所以我说，大家相好一场之后，到头来各自奔前程。大家不致耽误，你说如何？

以前的袁中郎是个聪明人，他在天竺大士之前说过这么一句话："只愿今生得寿，不生子，侍妾数十人足矣。"

九、钟情

王子猷把竹叫作皇帝，米芾将石头称呼为丈人。古人爱的东西，尚有深情，所以对女人，也非爱不可。

她们喜悦的时候畅导之，生气时舒解之，愁怨时宽慰之，疾病时怜惜之。

十、招隐

美女应该像谢安之屐、嵇康之琴、陶潜之菊，有令到男人能有她相伴而安定下来的魅力。

十一、达观

美人对性的观念应该看得开，好色可以保身，可以乐天，可以忘忧，可以尽年。

十二、及时行乐

美人在每一个阶段都好看。到了半老，色渐淡，但情意更深远，约略梳妆，偏多雅韵。如醇酒、如霜后橘、如名将提兵，调度自如。

香肌半裸、轻挥纨扇、浴罢共眠、高楼窥月、阑珊午梦等，神仙羡慕之声。此时夜深枕畔细语，满床曙色，强要同眠。

花开花落，一转瞬耳，美女了解此意，故当及时行乐也。

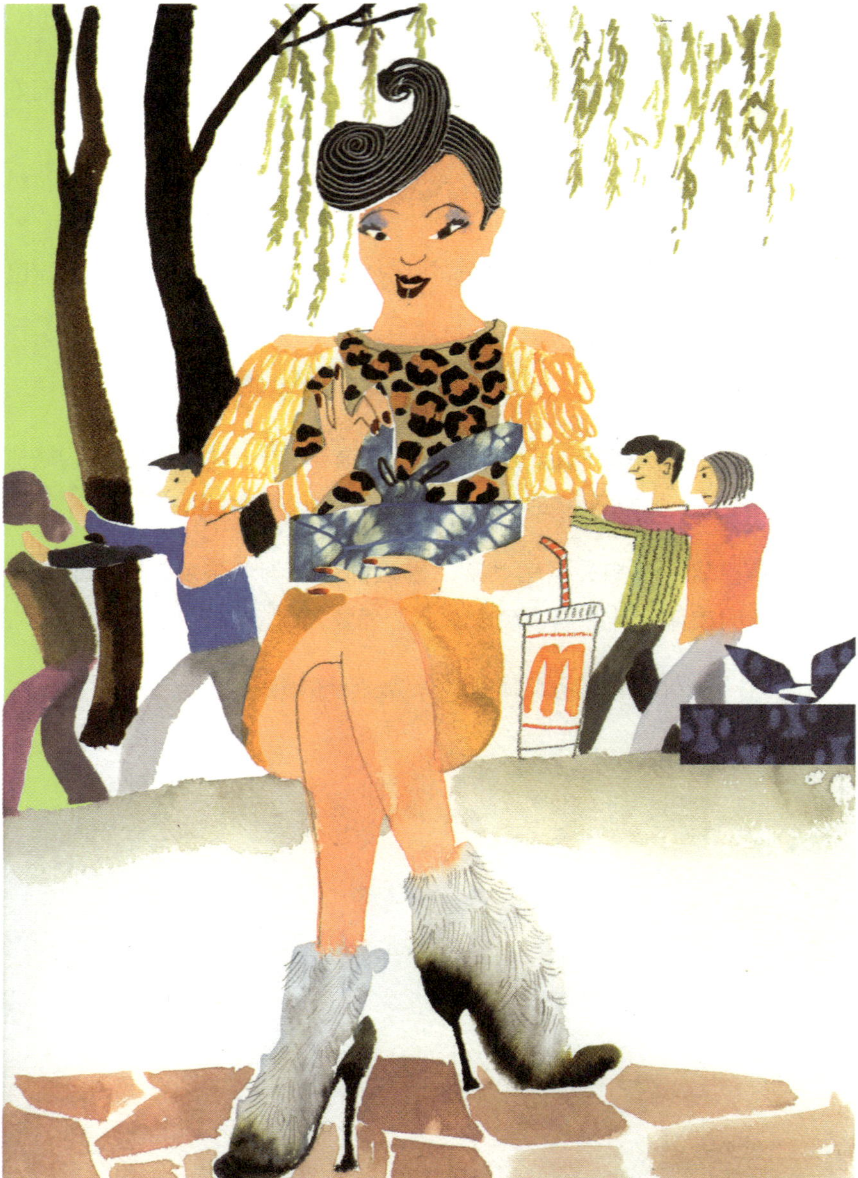

女人味的三种现象

女友问我:"男人心目中的女人味是什么?"

我回答:"会发生三种现象。"

"哪三种?"她问。

"第一,"我说,"即刻令男人有性的冲动,马上想和她上床。"

"太直接了吧?"她说,"也太过简单,怎么只有性,没有别的?"

"你问的是男人的观点,男人就是那么直接,女人不懂。"我说。

"好。那么第二呢?"她又问。

"第二是令男人觉得其他女人都失色了,"我说,"一直想在她身边流连。得不得到她,不要紧。"

"好像能理解。"她说,"那么第三种现象呢?"

"第三,是虽然不肯离开她,但是又要离开她。有女人味的女人,令男人自惭形秽。"我说。

"好在我没有。"她拍拍胸口说。

我想说"我的目的,就是讲这句话"。但是没有开口。有女人味的很寂寞，多数因为寂寞而给男人追到手。

"气质呢？"她问，"什么叫气质？"

"和女人味一样，有女人味就有气质，发生的现象，也相同。"

"是不是可以培养出来的？"

"一半，一半。"我说，"天生一副懒洋洋的个性，也造成女人味，不是后来可以学习得到的。"

"那么什么是男人味？"她问。

"男人味发生的现象，只有一种。"我说。

"那是什么？"她追问。

"令女人暗恋一辈子，永远开不了口告诉他，就是男人味。"我拍拍胸口说，"好在我也没有。"

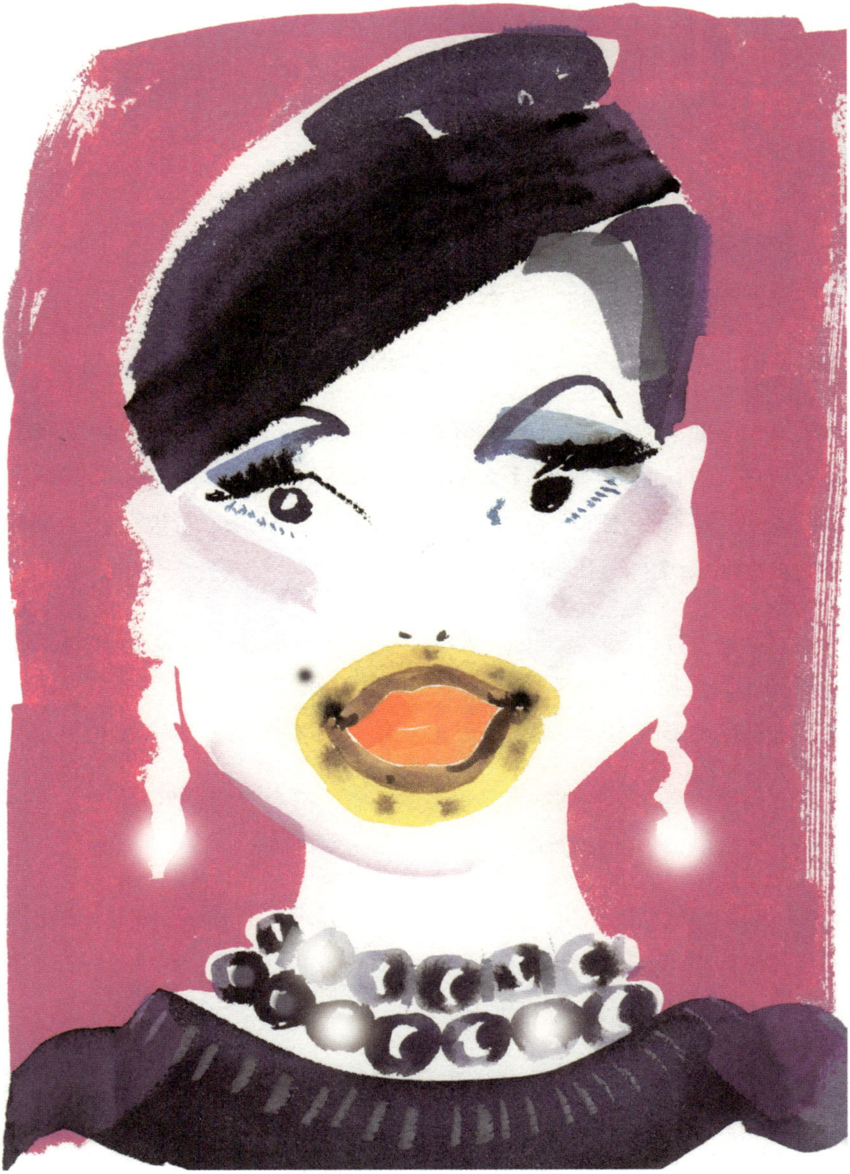

气质的产生，是学习的精神，是进取的心态

"你认识的女人中，哪一个最有气质？"

曾有两位记者小妹妹跑来做访问。我一时也答不出。

气质是一种抽象的存在，很难一眼看出。当然，有时会惊艳地感到走过的女人真有气质。但是，一坐下来和她们聊了几句，即刻收回刚才的感觉。她们谈的尽是什么名牌车辆、衣服，其他的一窍不通，外国演员、导演名字的发音都搞错了，还谈得上什么气质？

气质应该是培养出来的，许多所谓很有气质的女演员，起初入行的时候胖嘟嘟的，只是后来愈看愈美，愈看愈顺眼，跟着气质就来了。但屈指一算，她们在电影圈中至少也浸淫了七八年。

气质的产生，是学习的精神，是进取的心态，没有学问是不要紧的，但总要加上那么一点点的幽默感。

看书可以加速气质的产生。这个年代，并不要求四书五经，连《水浒传》《西游记》都可免了。金庸武侠、倪匡科幻、亦舒爱情，却非看不可。最后能看《红楼梦》，已是可喜可庆。

再丑的女人，都能拥有气质，当然多作怪的八婆不在此列。天下美女，若无气质，只能当一夜伴侣，唯不可多吃，多吃生厌。而且吃完即刻要溜走，不然，她们会杀生，用的是闷功，闷死你为止。

多读书,老得优雅,老得干净

香港女人有香港女人的好看、耐看。

通病当然是有的,南方女子的个子矮、鼻扁平,身材绝不丰满,又因为夏季太长,日照时间多,皮肤一般都没北方女子那么洁白。

但香港女人胜在会打扮,衣着的品位也甚高,就算不是名牌,颜色配搭得极佳,不相信你去中环走一圈,即刻和其他地方的女人分出高低。

外表还在其次,最重要的是自信,香港女人出来工作的比率较任何地方高出许多。女人赚到了钱,不靠男人养,自信心就涌了出来。

有了自信,香港女人相对上很少去整容,大街上也看不到铺天盖地的整容广告,没有韩国那么厉害。

韩国女子的条件比香港好得多,她们源自山东,有了美人的种,她们腰短腿长,皮肤细嫩,身材丰满,但她们拼命去整容,是缺乏自信心的问题。

香港女人绝对不会高喊男女平等的口号,像美国人那样,香港本身就不会重男轻女,你看所有高职都有女人担当就知道。

但是有自信了就看男人不起,这也是毛病,诸多挑剔之下就嫁不出去,不过单身就单身,当今是什么时代了,还说女人非嫁不可?

嫁不出去也可说是缘分未到,迟婚一点又如何,我有许多朋友的老婆都比他们大，但只要合得来就是，这是他们两个人的事，谁会嫌法国总统的太太老了？

为结婚而结婚才是悲剧，已经快二十一世纪了，还在纠缠这个不合理的制度干什么？单身又快乐的女人才是真正有自信的女人，女人赚到了钱，就可以像从前的男人娶小老婆，小鲜肉需要她们去教养。

柔情是女人最大的武装，许多娶丑老婆的朋友，都是他们在最脆弱的时候娶的。当真正需要一个伴侣时，就不会去管别人说些什么。

外表再好看，也比不上气质，气质从哪里来？气质从读书来。古人说一日不读书，则语言无味；三日不读书，面目可憎，是有道理的。

能多读书，任何话题都搭得上嘴。书本不但让人知识丰富，还让人懂得什么叫谦卑，有了谦卑，人自然好看起来。

所谓的读书，不一定是四书五经。读书只代表了一种专注，一心一意地把一件事情做好，经过长时间的刻苦训练，也同样认识谦卑，卖豆腐也好，做菜也好，把厨艺弄得千变万化，也可以让人觉得可爱。

女人不断地学习，不断地找事情做，就不会显得老，皱纹并不是一种要遮掩的丑事，人只要老得优雅，只要老得干干净净，就好看、耐看的。

看世界前线的女人好了，欧洲央行行长克里斯蒂·拉加德（Christine Lagarde）满脸皱纹，一头全白的银发，身材虽然枯枯瘦瘦，还不是照样很耐看！

矮矮胖胖的德国总理安格拉·默克尔（Angela Dorothea Merkel）做了多年，也没被人赶下来，人怎么老也有个亲切的样子，没有人会耻笑！

在东方，韩国外交部部长康京和也没整过容，一头灰白短发配上枯瘦的身材，不卑不亢地和各国政要打交道，也绝对不需光顾整容医生。

这些站在国际舞台上的女人，有个共同点，都心术很正。一走邪路，样子即刻显得狰狞。

所以相由心生这句话是有道理的，女人的美丑，完全掌握在她们自己的手里，外表再好看，衣着再有品位，也改变不了她们内心的丑恶。

虚荣心是可以原谅的，香港女人要表现她们在人生的成功，就算买一两个名牌包包，这和男人一赚到钱就要买一只劳力士表戴，再下来买一辆奔驰车一样。

只要增加她们的自信，一切无可厚非，就连整容也是，工作上有需要，像表演行业，要整就去整吧，但绝对不能贪心，今天整这样明天整那样。整容会上瘾的，你没有看到那些什么明星，越整面孔越硬，嘴巴也越来越裂，再下去就变另一个小丑了。

好在一般香港女人都有自信心，她们一有时间便会去旅行，学习别人怎么做菜，学习别人怎么把这一生过得更加快乐。

希望她们不要变成美国女人，男士们优雅地替她们一开车门，就会被喝："我不会自己打开吗？"

希望香港女人一天美得比一天更好，希望她们保留着那颗善良的心，一直耐看下去。

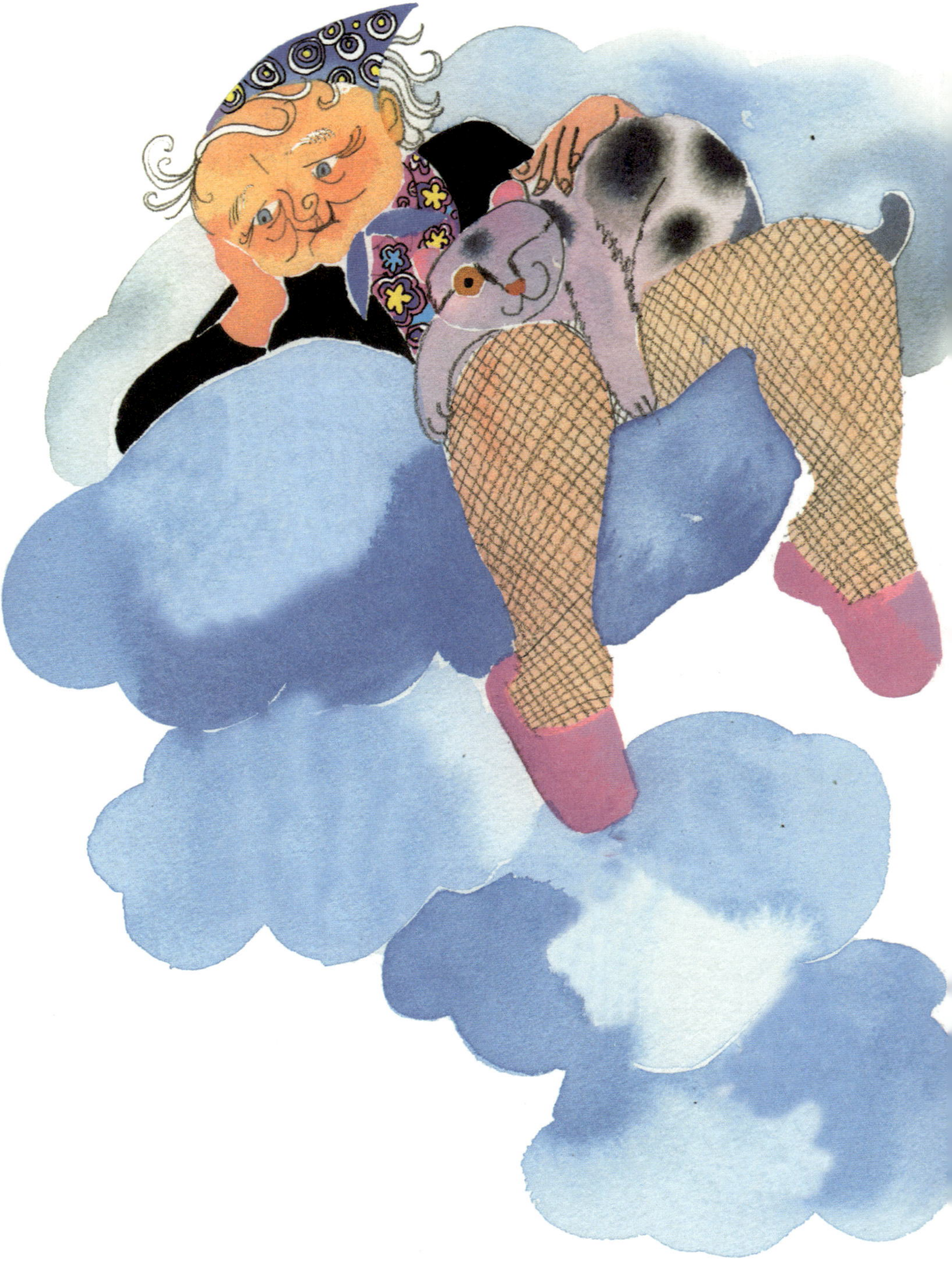

人绝对可以貌相，有灵气的女人最值得爱

人活到老了，就学会看人。

看人是一种本事，是累积下来的经验，错不了的。

古人说：人不可貌相。我却说：人绝对可以貌相，我是一个绝对以貌取人的人。

相貌也不单是外表，是配合了眼神和谈吐，以及许多小动作而成。这一来，看人更加准确。

獐目鼠眼的人，好不到哪里去，和你谈话时偷偷瞄你一眼，心里不知打什么坏主意，这些人要避开，愈远愈好。

大老板身边有一群人，嬉皮笑脸地拍马屁，这些人的知识不会高到哪里去。虽然说要保得住饭碗，也不必做到这种地步，能当得上老板的人，还不都是聪明人？他们心中有数，对这群来讨好自己的，虽不讨厌，但是心中不信任，是必然的事。

说教式地把一件不愉快的事重复又重复，是生活刻板的人；做人消极的人，尽量少和他们交谈，要不然你的精力会被他们吸光。

年轻时不懂，遇到上述这些人就马上和他们对抗，给他们脸色看，誓不两立，结果是被他们害惨。现在学会对付，笑脸迎之，或当透明，望到他们

背后的东西，但心中还是一百个看不起。

美丑不是一个很大的关键。

我遇到很多美女，和她们谈上一小时，即刻知道她们的妈妈喜欢些什么、用什么化妆品、爱驾什么车。她们的一生，好像都浓缩在这短短的一小时内，再聊下去，也没有什么话题。当然，在某些情形之下，你不需要很多话题。

丑人多作怪是不可以原谅的。几乎所有的三八、八婆都是这一个典型。和她们为伍，自己总会变成一个，一字曰八，总之，碰不得也。

愁眉深锁的女人，说什么也讨不到她们的欢心，不管多美，也极为危险，这些人多数有自杀倾向，最怕是有这个念头时，拉你一块走。

这种女人送给我，我也不要。现实生活上也会遇到的，像林黛和乐蒂等人，都是遗传基因使她们不快乐。

大笑姑婆很好，她们少了一条筋，忧愁一下子忘记，很可爱的。不过多数是二奶命，二奶又有什么不好？她们大笑一番，愉快地接受了。

爱吃东西的人，多数不是什么坏人。他们拼命追求美食，没有时间去害人，大笑姑婆兼馋嘴，是完美的结合，这种女人多多益善。

样子普通，但有一股灵气的女人，最值得爱。什么叫有灵气？看她们的眼睛就知道，你一说话，她们的口还没有张开之前，眼睛已动，眼睛告诉你她们赞不赞成。即使她们不同意你的看法，也不会和你争辩，因为，她们知道，世界上要有各种意见，才有趣。

我们以前选新人，二十世纪六七十年代中一部片就是上千个，有谁能当上女主角，全靠她们的一对眼睛，有的长得很美，但双眼呆滞，没有焦点，这种女人怎么教，都教不会演一个小角色。

自命不凡，高姿态出现的女强人最令人讨厌——她当身边的人都是白痴，只有自己一个才是最精的。这种女人不管美丑，多数男人都不会去碰她们，从她们脸上可以看出荷尔蒙的失调。

"我还很年轻，要怎么样才学会看人？"小朋友常这么问我。

要学会看人，先学会看自己。

本人一定要保存一份天真。

像婴儿一样，瞪着眼睛看人，最直接了。

沉默最好，学习过程之中，牢牢记住就是，不要发表任何意见，否则即刻露出自己无知的马脚。

注视对方的眼睛，当他们避开你的视线时，毛病就看得出来了。

也不是绝对地不出声。将学到的和一位你信得过的长辈商讨，问他们自己的看法对与不对。长辈的说法你不一定赞同，可以追问，但不能反驳，否则人家嫌你烦，就不教你。

慢慢地，你就学会看人了，之中你一定会受到种种创伤，当成交学费，不必自怨自艾。

两边腮骨突出来的，所谓的反腮，是危险的人，把你吃光了骨头也不吐出来。以前我不相信，后来看得多，综合起来，发现比率上坏的实在占多。

说话时只见口中下面的一排牙齿，这种人也多数不可靠，台湾的陈水扁，就是一个例子。

一眼看下去像一个猪头，这种人不一定坏，但大有可能是愚蠢的、怕事的、不负责任的。

从不见笑容，眼睛像兀鹰一样的，阴险得很，伊拉克的萨达姆、德国的希特勒，都是例子。

什么时候学会看人，年纪大了自然懂得。当你毕业时，照照镜子，看到一只老狐狸。

我就是一个例子。

什么都吃的女人，是个好女人

活了一把年纪，依经验的累积，学会了看相。中国的命运风水学说，不也都是依靠统计学而得来的吗？

面相也许看不准，但是吃相逃不过照妖镜的，从吃一顿饭，便能观察对方是怎么样的一种人。

吃西餐时不会用刀叉，大出洋相的，并非没有教养，不习惯而已。印度少女用手抓食物进口，也煞是好看，这是她们的风俗，我们把话题集中在吃中餐吧。

大伙一起吃饭，自己先夹鸡腿，是不应该的，父母那么教导，但是当今鸡肉已不值钱，整碟上桌，没人去碰它。但是不吃不要紧，如果拿筷子去拨弄一番，最后又不吃的人，好不到哪里去。

先吃最好的部分，现在只能用螃蟹来做例子，来一盘花蟹，大剌剌地先将蟹钳吃了，而不留给朋友享用，这种女子，多数是非常自私。

面前碟子夹了一大堆食物，而不去动的女人，是个贪心的女人，损人而不利己的女人。

畅怀大嚼，吃得满嘴是油的女子，属于豁达型的。她们很豪放，又来得个性感。

东不吃西不吃的，显然对自己的身体一点信心也没有。这种女人，诸多挑剔，绝非理想对象，避之大吉。

为了达到个人目的，同样不吃牛肉的，这表示她们做人没有信心，唯有利用宗教之名迫神明和自己达到愿望，有点不太正常。

什么都吃，对没有试过的食物更感兴趣，一点也不怕肥腻的女人，是个好女人，绝对错不了。

女人偶尔的"疯",是很可爱的

苏先生苏太太参加我们的旅行团多次。苏太太很有气质,笑眯眯的,贵妇人一个, 苏先生双颊通红。吃饭时总自备威士忌,把它用一个小矿泉水瓶装着,方便携带,喝酒能像他一样喝到八十二岁,就发达了。

苏先生一看到有什么不合水平的服务,即刻提出意见,他的要求甚高,因为年轻时早见过世面。我一一接受,看我听话,他那瓶威士忌喝不完时,就打赏给我。我也到处替他找苏打水,从前威士忌兑苏打,日本人叫作 High Ball,当今都只会兑水不卖苏打了。

早上吃自助餐,苏先生一屁股坐下,打开报纸,等苏太太拿两个碟子的食物回来,老人家才动手。我们看了好生羡慕,苏先生举高了头:"教导得好嘛。"

苏太太才不理会苏先生扮威风,照样笑眯眯的,其实她看人生看得最透,一切也没什么大不了。她还会自嘲,用端庄的书法写了《一个女人十段风味书》给我,照录如下:

一、十岁之前,风风趣趣。

二、二十岁之前,风姿绰约。

三、三十岁之前,风度可人。

四、四十岁之前，风华绝代。

五、五十岁之前，风情万种，

六、六十岁之前，风韵犹存。

七、七十岁之前，风湿骨痛。

八、八十岁左右，疯疯癫癫。

九、九十岁，风烛残年。

十、到了一百岁，风光大葬。

我看了笑得从椅子上跌地。十个"风"，除了"疯疯癫癫"的"疯"不用"风"字，倒认为女人不必等到八十岁，从小疯癫到老，才是女性竹林七贤，才是雌性寒山、拾得。女人无理取闹时十分难以忍受，偶尔的疯癫，很可爱的。

女人给男人的十八句心里话

谢丁君说他也要替女人说些公道话，别让男人误会。

一、问你："我是不是胖了？"请你不必按照事实回答。我们只爱听一句话，那就是："即使你胖得和气球一样，我也收货。"再恶心的谎言，我们都开心。

二、用完马桶，请将厕板放下。而且，请你瞄准一点。

三、头发的长短，是我们的自由，请你们不要长太多头皮，我们已经满足。

四、打电话给你，表示我们想你。

五、男人除了足球，能否想其他事。

六、有什么运动比逛商场好？

七、女人永远少一件衣服、少一双鞋子。这点你们也不懂，算什么男人？

八、穿什么衣服，是给你面子。

九、你不要面子，我们要。

十、当我们直说，别以为我们命令你。

十一、哭泣，对我们来说，有时是一种愤怒的表现。

十二、如果你们不喜欢翻旧账，就请别问我们和从前的朋友关系到什么程度。

十三、我们也有性幻想。

十四、别以为整天看电视，就是陪我们。

十五、听到旧情人的消息，我们当然会想到他们的身体。还是和你在一起，是一种无奈，而且，我们想旧情人时，你们不会知道。

十六、其实女人比男人宽容得多，当男人骂女人"你怎么这么笨"时，大多数女人会当它是开玩笑；但当女人骂男人"你怎么这么笨"时，男人就受不了。而且这种话，你们绝对不会在三天之内忘记的。

十七、说有事，你们帮得了吗？

十八、请不要在追到手时就做一百八十度改变，这种行为谁都会有被骗的感觉。

男人不怕官，只怕管

"不怕官，只怕管。"男人说。

男人不怕官绝对有理由，因为只要他们按期交税，开车不要开得太快，做官的怎会来烦他们呢？

要管男人的不是官，是女人。

女人一没事做，就想到要管人，她们从小要管父亲："爸爸，不要抽那么多烟！"

她们从小要管母亲："妈妈，不要打那么多麻将！"

到了学校，她们向老师打小报告："Madam（老师），伍志强又在偷看连环图！"

回到家里，她们要管弟弟："爸爸妈妈说，要是你不好好读书，就不能出人头地。"

哥哥在看电视，女人走过来把它关掉。做人的哥哥，已经开始察觉到女人的讨厌。

但是，这个时候，女人本能地发挥情感的抗生素，她们会说："你整天工作，那么辛苦，回到家就应该好好休息，这一切，都是为你好。"男人听了只好屈服。

在女人的一生中，只有一个很短暂的时期，会忘记管男人的天性，那就是她们初恋的时候。

这时，男人说的一切都是美好的，一切都是对的，她们含情脉脉地望着你，依偎在你的怀里："你说什么，就是什么。"

但是，送给男人的一个幻觉一刹那就过去，只要男人爱上她们，女人已经技痒："我看还是照妈妈的意思，把婚礼弄得隆重一点吧！"

从此，她们侵入男人的保护区，一大巴掌打到男婴的屁股上："叫你在地上小便！"

推醒熟睡的丈夫："喂！明天叫装修师傅来看看房子！那堵墙的颜色难看极了！"

连锁性的命令，通常包括："多穿一件衣服！"

"那件蓝色的西装比较好看！"

"不！我喜欢本田汽车！奥迪车有什么好？"

女人将管人的本能推到最高境界，直到有一天，她的好女儿接过棒来，向她们说："妈妈，不要打那么多麻将！"

现在才明白为什么有那么多男人喜欢头脑少了一条筋的女子。她们柔顺，她们笑嘻嘻地不发表意见，她们只会整天吃喝玩乐罢了。

有时，你看到英俊高大的男人，身边有一个很平凡的女伴。不为什么，因为她们不会管男人，道理就那么简单。

女人最大的毛病，就是喜欢替别人安排一切

女人还有一个最大的毛病，那就是喜欢替别人安排一切。

小时候，她们很自然地学会替弟妹安排起居，穿什么衣服，读什么书，几时起身睡觉。眼睛能见到的事，或者预测会发生的事，她们都一一安排。

大了，这个习惯改不了，便一定要操纵她们丈夫的命运，这是她们认为最伟大的责任。

"吃那么多煎蛋，小心胆固醇！"

她们把女佣做的早餐收起来，给你一碗麦片。

"中午回家吃饭。"她们决定，其实心中是怕丈夫找午妻。

"晚上不要那么多应酬！"丈夫乖乖地吃完晚饭后看电视。

"明天一早就要起身，别那么迟睡！"她们把电视机关掉，穿着廉价的透明睡衣。

到了第二天，她们再把麦片换成淡而无味的白粥。这一个环，没完没了地锁着她们的丈夫，永远地安排着一切，在男人来看，安排已经是变成不能忍受的管束，但女人不会了解。

女人还连公事也替丈夫处理："你向老板提出加薪嘛。"

"我说不出口。"男人嗫嚅地。

"你这么向他说,你说……"女人喋喋不休。

从此,女人一开口,就是:"你这么向他说,你说……"

女人以为男人已经没有脑袋存在,一切都要她教导:"你这么向他说,你说……"

丈夫还是忍着,脑中幻想怎么把这个婆娘扼毙,但还要装出全神贯注的,久而久之,生了个瘤,卖咸鸭蛋去。这些男人,一向比老婆早死,因为这是唯一的解脱。

女人悲哀,不是因为丈夫死了,是她们再也没有可以安排的东西,她们的子女早已忍不住离去,孤单的她,可怜得很。她们很希望家族来探亲,晚上祈祷:"上帝,叫他们早点来看我吧!你这么向他说,你说……"

懒女人只有嘴比别人勤奋

"'懒'字怎么写？"女人问。

我下笔：嬾。

"我记起来了，"女人边看边皱眉头，"不过不是从心字旁吗？你怎么写成女字边了？你这个人，太喜欢开女人玩笑了，讨厌。"

请查古字典吧，"懒"字最初的确是从女的，聪明的造字者，老早已经知道女人生性是懒的。

女人懒起来，的确是天下恐怖事：不爱洗头，不勤修甲，连洗澡也免了。所以男人只有发明香水让她们用。

在家里住的时候，有母亲和菲律宾家政助理代她们整理一下，女人一独居，所有毛病完全暴露出来。

看女人，由她们的家开始。

一进门口，摆了数十双鞋子。她们出去的时候转个身来穿，因为她们脱鞋之后绝对不会把鞋子向外摆。

那几十双鞋，从来不擦，轮流着穿，选一对外表还干净的，衬不衬衣服的颜色，已不重要。

最后，看见所有鞋子都蒙上了一层灰，只有先穿左脚，用右脚的裤子挡一挡左边的鞋之后，脱了，依样画葫芦地穿了右边的鞋子，用左脚的袜子挡一挡右边的鞋子，才轻轻松松地吹着口哨走出去。

大厅的沙发上挂着她们的胸罩。

还有许多意想不到的东西：加菲猫（这么大了还玩？）、"老人"牌剃刀（用来刮腿毛的？）、印着标志的日本凉衣夕方（什么酒店的顺手牵羊？）、一卷打开了的无印良品厕纸（代替Klneex面纸？）、烟斗（哪个男人留下的？）、几册《中华英雄》（原来喜欢暴力？）。唉，还有一根已经坏了的长形按摩器（是打……）。

"坐呀，坐呀！"女人截断了我的思潮。

怎么坐，简直没有地方坐！用脚踢开地上的巧克力包装纸，再学游泳健将双手一拨，才能坐下。

"我先冲个凉，你自己到厨房去找点东西喝。"女人说完躲入卧室。

洗濯盆中已堆满了油腻的碗碟，水喉（水龙头）没关紧，一滴一滴地淌。

打开雪柜，哪里有什么东西喝？除了半片吃不完的意大利薄饼，就是一盒由老正兴打包回来的锅贴，已经比石头还硬。

剩下来的有大量大瓶小瓶的东西，却不能吃，是用一次就摆下的化妆品。

其后只有看中架子上半瓶煮菜用的花雕，闻一闻，尚未有异味，一口干了。

女人由卧室中出来，一看四周，笑道："从前一听到男朋友来坐，即刻得整理老半天，还买了一个大箱子，准备将所有的东西塞进去，搬来这里的时候才把那个箱子丢掉。"

"那你听到我来为什么不整理？"心里不服，举手抗议。

"结果还不是照样看也不看即刻上床？"女人叽叽地笑道，"而且，现在公司里管几十个人，那么忙，哪里有空做家务？"

"请菲律宾家政助理呀！"我说。

"试过啦，她比我还懒。"她又笑了，"问这么多干什么？来！"

做这件事，她一反常态地敏捷和勤快。

走入闺房，哎呀呀，在地上发现了叹为观止的奇怪现象。

地毯上是两团两团相连着的东西，原来是她的裤子，脱了下来就是原封不动地摆着，出门的时候双脚一伸，拉了上来便能穿上。亏她想得出来。

当然不是天下乌鸦一般黑。女人不懒的话，便是打理得一尘不染，你吸一口烟，她换一次烟灰碟，弄得我们也神经质来。最后周公之礼前，也要用酒精帮你消毒一下才进行。

不过懒惰是有条件的。懒惰的丑陋八婆，不能饶恕。只有美女才有资格懒惰。

认识一些永远不够睡的美人，她们觉得太热才肯起来，身上带了汗珠，用略为浮肿的嘴唇说："请你替我拿条湿毛巾来好吗？"

接着她们把头发往后一拨，用左手抓住，右手轻轻地擦一擦粉颈，揩一揩雪白的胳肢窝。

"看些什么？"她们媚笑，"有什么好看？"

刚刚记得把口合起来时，她们把头躺在你的大腿上，打了个哈欠："嗳，我只希望做完了爱睡觉，睡觉完了做爱，做爱完了睡觉……"

我没有反对的理由。

一般，丑妇也好，美女也好，懒惰的女人身上总有一个部位，不断地动着。

你猜到了，就是她们的那张嘴。

"你说'懒'的古字原来是从'女'，但是为什么后来又改成'心'字旁的呢？"女人问。

我也懒洋洋地回道："因为老婆喋喋不休地抗议，造字者决定改为从'心'，因为他已经心灰意懒。"

从可爱的少女，变成杀梦的人

"你在哪里？"根据一项调查，夫妇对白之中，老婆问丈夫最多的，是这句话。

恋爱之中，男人的回答是："我希望在你身边。"但是专家指出，一对夫妇的热恋，有个三四年，已很幸福。家用的压迫、子女的负担之下，爱情渐淡，"你在哪里？"变成了管束，令男人喘不过气来。

没趣的男人，很快地衰老；一个不大的孩子，才是好男人，女人永远不明白这一点。

大人也需要玩具：从汽车、音响的奢侈，到养鱼、种花的淳朴，都令他们着迷。二奶也是玩具之一。

女人马上说："算了，节省一点，供多一层楼才去玩那些无聊的东西！"

烛光晚餐，老婆最先反对叫那瓶较好的红酒，尽点些锯不开的牛排、猪排。

走过山顶那家极有品位的咖啡室时，老婆拉男人走进百佳、惠康，大喊："厕纸又涨价了。"

女人的毛病是从一个可爱的少女，一秒一分，一刻一时，一天一年地，变成一个杀梦的人。

不过，她们有一千零一个理由为她们的行为做出辩护："你以为养这个家是那么容易的吗?"

她们忽视男人的血汗,一切都是由她们"养"出来的。

好,你养我也养,你养家吧,我养二奶,男人咭咭地笑了。

在儿童心理学中,小孩子最讨厌的事就是被人家管、管、管、管,我们都是在被管之中长大的,每一个大人的身体中有一个小孩,喊着"我要出来,我要出来!"这个小孩一被扼杀,人生的原动力即刻停止。

和蝎子要蜇死对方一样,女人必须统治,这才对她们的人生产生意义。

君不见任何的家庭,权力最大的是祖母,不然就是母亲,哪里轮到男人说话的?

女人克服对方不在一朝一夕,她们是无时无刻地,逐渐地侵蚀过来,她们长期坚持的功夫,令人惊叹政党团体也要向她们学习。

男人在精疲力竭之下,已经觉得反抗是多余的,他们很快地学会投降,是最不花气力的。

本来跪了下来,可以相安无事,但是女人的天性是赶尽杀绝:"穿这件吧,这件好看。""头发那么长,剪了吧。""快把那双破鞋丢掉。什么?新鞋不舒服,多穿几次就舒服了,买对新的!"

到男人一点呼吸的空间都没有的时候,女人又要哭:"这是关心你呀!一切,都是为你,你反而要说我管你,真是好心没好报!"

有时一天来几次电话,到你的办公室,到你的健身院,到你吃饭的餐厅。现在有了手提电话,更是要命,她们说:"你在哪里?"

早已经告诉她们我在办公室,我在健身院,我在餐厅,但是女人还是要问:"你在哪里?"

"哎呀！问你在哪里，有罪吗？"女人又哭了。

你在哪里？就是要管你在哪里，就是要查问你的行踪，就是要管你的行为，但是女人永不承认，她们又说："我关心你呀！"

好了，这时候男人的狩猎本能爆发，在又听到"你在哪里"的时候，像大力水手吃到了菠菜，偷情的本领越来越大，没有任何一个女人可以抓得住。

在短短的一两个小时午餐时间先来一下，晨运和溜达再来一下。男人的感觉越磨越尖，说谎的本领已到不眨眼的程度。

"你在哪里？""我在开会。""你在哪里？""我在加班。""你在哪里？""我在餐厅谈生意。"

"怎么这么忙？"女人大喊。

男人心安理得地回答："多赚一点嘛，中西合璧情人节时，替你买个戒指，为你好嘛。"

中西情人节，要十九年才一次。女人还听不出来，感动得很。对她们一好，女人开始担心了。老话说，当丈夫对你特别好的时候，是你该担心的时候。

男人做过之后心有内疚，当然对老婆越来越好，终归，男人是顾家的，家中这位老婆到底是恋爱后的产品，聪明的男人不至于为二奶弄到家破人亡。而聪明的女人，学会放丈夫一马，大家除了做夫妇，也可以做朋友。婚姻最圆满时，也是大家作为老伴时。

在女人不明白这一点之前，她们还是要问"你在哪里？"有些男人干脆回答："我在二奶这里！"但是撕破脸，到底是下下招，是不值得这么做的。

最高境界，无比的绝招，是男人做事时，拿起电话，问老婆说："你在哪里？"

什么叫性感，什么叫色情

"我要性感，不要色情。"说完，女明星双臂左右地把那本来平坦的胸部，往中央一挤，露出一条乳沟。

唉，什么叫性感，什么叫色情呢？

如果这个女明星在古时候那么一挤，她的父母亲人朋友还不是照样地吓得晕倒吗？

女明星一面说她们不要拍三级片，一面为副刊、杂志拍一些暴露肉体的照片，为什么呢？理由很简单，现代的年头，穿得太密实，有人叫你去拍封面才怪！

什么才是可以接受的呢？女明星的脑子中，只要不露出那最重要的三点，其他的你拍一个饱好了。三点，变成了戒条，但是，保留这三点，你就是"圣女贞德"吗？还不是和袒胸露背一样？吃斋菜的时候，把食物弄成素鸡素鹅素叉烧，在精神上，大家已经在吃肉了。

问题在于社会进步不进步，问题在于人类的知识高与不高，问题在于思想落后与不落后。

手淫已经不再是一滴精一滴血的年代，你既然能够接受这个事实，那么，你的思想已经比六十年代的女人开放。你挤出乳沟，不觉下流，已有救药。

观众不能像欧美和日本一样,看到所有的大明星都脱得精光,那是因为你我很不幸地生在一个思想比非洲还落后的香港。

懒，不求上进

看从前的照片，各个八婆都有点可爱的影子，至少浓厚的青春尚存，不然怎么找到现在的老公？

从什么时候开始，无邪的少女变成饶舌的八婆呢？绝对不是一朝一夕，那是秒分时日月年渐进式的累积。

最初，说人家的坏话以为是保护丈夫和女儿，其实是自己好吃懒做，无所事事，有什么好过闲言闲语？

丈夫在赚钱之余，接触的人多了，在商场中也能进步，但八婆停留在一个阶段中，因为她们接触的，只是发型师和美容院中乱摆的八卦周刊，俗不可耐的丑闻，八婆们当成第一手资料，津津乐道。

先生们事业上的成功，八婆们都以为是自己一手造成的。当然，烦不胜烦的老公，唯唯诺诺，因为，他们已经疲倦，不想再花时间反驳，投降是最好的选择。

当今的儿女又是老人精，绝对会看脸色做人，对老母的无理要求，也学会了像老爸一样唯唯诺诺。

丈夫用的手下，看到老板已经不反抗了，还能吭声？也参加了唯唯诺诺的队伍。发型师更是唯唯诺诺的领导人。

这时，八婆成了，简直是呼风唤雨，面目更是可憎。

久而久之，老公有了另外一个女人，是必然的事。

八婆哭了。唯一的解脱，是变成神棍，跟随大师做善事，念经吃斋，还是悟不出道理。最简单的答案，是自己懒，不求上进。

说八婆坏话，一定要说有例外，所以八婆读了你的文章，都以为自己是例外，不然她们骂起人家，还来得个勤快。

活得偏执，怎么会活得快乐

在中环遇到一位女友，从前面容和身材都是一流，现在面黄肌瘦。

"被男朋友搞成这个样子？"我问。

"胡说。"她笑了。

"被女朋友搞成这个样子？"我又问。

"你在乱讲些什么？"她笑得更厉害，还是可爱。

"我见过一个女强人，她的女朋友就被她弄得像你这个样子。"我说。

"我没那种兴趣。"她说。

还有救。我说："一起去吃饭吧，附近有家海鲜餐厅，鱼蒸得好。"

"不，我已经不去餐厅吃东西了。"她说，"全是味精，真恐怖。"

"这一家人我熟，可以叫他们不放味精。"

"不过，"她说，"我已经连鱼也不吃了。"

"什么？鱼那么好的东西，你不吃？"

她点头："现在整个海洋都被污染了，珊瑚礁中的鱼有雪茄毒。附近海里面的鱼，都被我们香港人吃完，要从马来西亚和菲律宾进口，空运来的时候怕它们死掉，加了药喂，这种海鲜怎么吃得进去？"

"好吧。"我说，"我们不如到西餐厅去吃牛扒。"

她又笑了："有疯牛症呀！你还敢吃？"

"我想去的那一家，是用玉米养的，吃普通饲料的牛才有毛病，饲料里面有牛的骨头，牛吃牛骨，怎么会不弄出一个疯牛症来报仇？"

"猪呢？"

"有哮喘药和口蹄疫。"

"羊呢？"

"膻。就算是干净，我也不吃红肉，太不健康了。"

我双眼望天："那么去吃肯德基炸鸡吧！"

"油炸的东西，胆固醇最多了。"她说。

"豆腐呢？"我问，"吃蒸豆腐，总不会有事吧。"

"你真是不懂得吃。"她说，"豆腐最坏了，豆类制品中含的尿酸最多。"

"炒鸡蛋总可以吧？"

"现在的鸡，都是农场养的。"她说。

"这我知道。"

"普通的鸡，本来一天生一个蛋的。在农场生的蛋，为了要让鸡生得更多，把一天分成两个白天和两个晚上，六小时一班，骗鸡多生一个，鸡被关在黑暗的农场里面，任人类摆布。现在还过分得要三小时一昼夜，叫它们生四个呢。蛋壳愈生愈薄，愈薄愈容易生细菌。你去吃鸡蛋吧，我才不吃。"她一口气说完。

真拿她没办法。意气用事,非想到一样她可以吃的东西不可。

"有家新派餐厅,专门做女士用的中餐,吃的尽是些蒸熟的鸡胸肉,你如果不吃鸡,可叫他们做完全是生菜的沙拉。"虽然对这种健康餐一点兴趣也没有,为了她,我肯牺牲。

她又笑得花枝乱颤:"生菜上面有多少农药你知不知道?"

"他们那一家用的是有机蔬菜。"我抗议。

"有机无机,都是餐厅自己说的,你怎么证实他们用的是有机蔬菜呢?"她反问。

"你的疑心病那么重,又嫌这个又嫌那个,那么你说好了,你有什么东西可以吃的?"我赌气说。

"水呀,喝矿泉水没有问题。"她回答。

"最近报上的消息,说喝水喝太多,也会虚脱而死的。"我说,"而且,水里面有矿物质,沉淀起来,会变成胆结石的。"

"生果呀,"她说,"又可以减肥。"

"生果上面也有杀虫剂呀!"我说,"苏加诺的老婆黛薇夫人也说过,生果有糖分,吃了照肥。"

她已不作声。

"跟我去吃一碗猪油捞饭吧!"我引诱。

想起小时候那碗热腾腾、香喷喷的白饭,她开始有点动心了。

"你这又不吃，那又不吃，担心这个，又担心那个，迟早担心出病来。"我说，"精神上有病，肉体上就有病，我不是叫你每一天都吃猪油捞饭，但是偶尔吃一碗，没关系的。"

她想了又想，最后还是说："不了，谢谢你的好意，我回家去吃好了。"

"你回去吃些什么？有什么你还能吃的？"我问。

"胡萝卜，"她回答，"这是我唯一觉得能吃的东西。它长在地下，不受污染，用榨汁机打成汁。我喝胡萝卜汁，已够营养。"

怪不得她面黄肌瘦了。胡萝卜有色素，吃得多了就会呈现在皮肤上，这是医生说的，医学界证实过，不是说出来吓人。

"再见。"她说完转身，向人群中走去。

望着她的背影，我知道她总有一天会完全消失。

名门闺秀也难免头脑糊涂

"喂!"玛丽说,"出来喝茶。"

玛丽又是一个没有事不找人的女人。

"可不可以等的?"我问。

"不可以。"她斩钉截铁。

到文华酒店的咖啡厅,玛丽已经坐在那里,我笑了出来。

"连你也笑我,那么我让恺撒死去吧。"玛丽引用莎士比亚的句子,她有钱有学问,文学根底很深,人又能干又美丽,是当今难找的。

"我笑的是你没有急事的话,永远迟到。"我说。

"唉!"玛丽叹了一口气。

"到底是怎么一回事?"我问。皇帝不急,急死太监,"是不是又被男朋友抛弃了?"

"你这个'又'字用得不是很好。"她抗议,"听起来好像我不断地被男人抛弃。"

"那最近有没有拍拖?"我也不解释,继续问道。

"你是指我嫁不出去？"她敏感地反应。

"不是这个意思。"我说，"女人有急事，一定和男人有关。"

"我已经很多年没有固定的男朋友了。"她垂头丧气。

"不可能吧，像你这么漂亮的一个女孩子。"我说。

高帽一戴，她又神采飞扬："随便要的话，大把。"

"那又有什么问题呢？"我说。

玛丽又长叹一声："我发现身边的男人，要是人不错的话，都丑得要命。"

"那么找个英俊的，总找得到吧？"

"英俊男人，多数不是好人。"她说。

"找个又英俊又好的呀！"

"那一定是基佬了。"她说。

"找个样子过得去，但是人很好的呢？"我说。

"这种男人多数没有钱呀！"

"找个不是太英俊，人又很好，又有钱的呢？"

"他们会以为我要的是他们的钱。"玛丽说。

"那么将就一点，找个没有钱的英俊男人吧！"我说。

"我会以为他们要的是我的钱呀！"玛丽叫了出来。

"有没有那种不是太好，但样子英俊，又有一点点钱的呢？"

"他们会认为我不够漂亮呀!"

"认为你漂亮,人又好,又有一点钱的呢?"我问。

玛丽说:"他们都不够胆来追求我。"

"你可以采取主动呀!"我说。

玛丽摇头:"他们又以为我太犯贱了!你说说看,我要去哪里才能找到男人来拍拖?"

唉!这次轮到我叹了一口气:"你的毛病出在一拍拖就想嫁人。潇洒一点,拍拍散拖算了。"

"就是拍散拖拍出毛病来了!"玛丽开始流泪。

"怎么一回事?"我递给她一张纸巾,"慢慢说。"

"我患了艾滋病!"她大哭不停,周围的人都转头来看我,心中一定在想你这个男人太坏了!

"艾滋病?"我震惊,"这不是闹着玩的,你和对方上床的时候怎么不要求他戴套子?"

"我的性经验不是很多,我一生接触过的男人,不到三个。"

玛丽愈哭愈厉害。

"这和性经验多不多没有关系。艾滋病会死人的呀,你怎么笨到连这一点也不懂?到底是怎么发生的,你从头说来听听。"

八卦,不是女人的专利。

"我在派对中遇到一个男的,本来也不是那么看上眼的,但是他老是缠着我。你不要以为我们女人讨厌男人来缠住我们。我们怕的,是没有男人有勇气来缠。结果跟他到酒吧又喝了几杯,有点醉,要他送我回家,他的车子一驾就驾进九龙塘酒店。"

"糟糕!"我叫了出来,"你怎么那么意志薄弱?"

"你们男人可以用生殖器来思考,我们女人就不行吗?"玛丽反问。

说得还有一点道理,以后和女人上床,更得小心了。就算什么名门闺秀,糊涂起来也不可收拾,不做好安全措施,任何女人碰了都会闯祸。

"这是什么时候发生的事?"我问。

"四五天前。"玛丽说。

我大笑。

"你还笑得出?你的同情心到哪里去了?"玛丽骂道。

"艾滋病不会一下子爆发的,你怎么连这点常识都没有?看情形你只是患了淋病,找个医生,打一针盘尼西林,就没事了。"

我扮专家地劝告。

"你说我去看医生之前,找我讨厌的人,一个个和他们睡觉,好不好?"玛丽又调皮了起来。

听了有点毛骨悚然。

"说笑的。"她说,"不然第一个就找你。"

走出文华,看玛丽在人群中消失。

好女人永远往好的方面去想，少一条筋

和一群旧同事聚会，各个都儿女成队，有些还当了祖父祖母。

"妈，我要买和叔叔同样的那套西装。"儿子请求。

"不行，"妈妈拒绝，"你们年轻人，不可以穿得那么老成。"

"儿子要，你就买给他吧！"在一边的老爸看得不忍心，代儿子请求。

"什么时候轮到你发表意见了？"老母大喝。

做爸爸的即刻变成缩头乌龟。

看这个妈妈，嘴唇极薄，双眼露出凶光，腰线发胀，一身名牌，侮辱了设计家。

何时开始，变成这个样子？我认识她时她刚从学校出来做事，小鸟依人，嘴唇厚得性感，永远甜甜地微笑。穿着普通牛仔裤，身段引诱着周围男士，露出的小蛮腰，令人恨不得一把抓住。

拍拖的日子里，她对这个男人千依百顺，偶尔他忘记了她的生日，在办公室中投进我怀里，哭得伤心，只有代那男人请她吃烛光晚餐。

丰子恺先生说得对，人的变化，是一秒秒地逐渐进行，身边的人每天看，不觉察。久不见之，则吓得一大跳。

什么情形之下造成这种不可爱的性格呢？我想一切是由女人的天性开始。

原始的母性社会中，女人已经不断地主使男人的命运。再进化，也改变不了，就像蝎子一定要叮死人一样，不管男人对她们多好。

精力是一点一滴凝成的。女人的忍耐力特强，她们不停斗争，不放过一分一秒，所受的委屈，变成最大的武器。男人一同情，她们就打蛇随棍上算计得到赔偿，做的分外要求，男人也答应了。

唠唠叨叨地死缠烂打也是她们的刀剑，在男人筋疲力尽时，她们养足精神，向你疲劳轰炸，到最后，男人总得投降，不是怕，是烦。

儿女是囊中物，成为女人的管治区，不听话就不好受。渐渐地，儿女只有等到思春期，才爆发出一场不可收拾的叛逆。在这之前，只是小奴隶。

好了，女人已经统治了她们的小小王国，非向外扩充不可，儿女的同学，看不顺眼的即刻下令绝交。丈夫的亲戚朋友，对她们略有不敬，就是死敌，一个个消灭。

消灭方法只有一个，就是不停地说对方的坏话，这个人的衣服多无品位，这个人对他的太太不好，我怎么知道，是他太太亲口对我说的呀，这个人……

今天听一回，明天听两次，久而久之，唉，这个老友，也的确不长进，对我也没有我对他好。我太太说得一点都不错：你请客时，有没有看过他争着付钱？男人是单纯的，很容易中毒。

孤立是最好的办法。丈夫和儿女没有了外间接触，当然要靠剩下的我，女人这么计划。

打起仗来，女人的兵法比孙子还要厉害，到最后，她们以为已经统治了天下。

如果这个时候你遇到她们，只有以笑脸对之，但你一转身，她们在床上问丈夫，这个人有什么目的？

千万别得罪这个时候的上司太太，她们的想象力足以毁灭你的前途，最后防守线只有一条，那就是尽量避开。

但是避开也要避得很有技巧，不然一被察觉，便引起她们来分析你是敌是友的兴趣。友情，在她们的字典中已不存在。

她们会叫丈夫再请你到家里吃饭，或者组织外游让你参加，也许会吩咐一点有关她们的事给你去做。你的一举一动被放在显微镜中，行差踏错即判死刑。遇到这种情形，避也避不了，只有怨八字和她们相冲，快点转工换职吧。

这一类的女人有一个敌人，她们的女儿见惯母亲的行为，必受影响，到最后由她们来欺负老娘。不过最致命的还是她们自己，她们寂寞。

在我的一生，碰到这类女人颇多，战役重复又重复，又悟出了一套对付她们的兵法来。

以其人之道，还治其人之身，是最完美的报复。别以为男人不会造谣，说起女人的坏话，能力不差，滔滔不绝的毁谤，发表在文字上，又能生财，何乐不为？

"难道每一个女人都一样的吗？"女友问，"那我应该警惕警惕，老了之后才不会像巫婆。"

"当然有例外的。"我说，"你就是例外。"

骂女人的文章，有一条黄金规律，那就是一定要说有例外。女人听了，都以为自己是例外，不然会群起来围剿你，可不是闹着玩的。

好女人、好太太、好母亲，还是有的。这是上帝赐给的，让她们少了一条筋，这些女人永远往好的方面去想，也很容易满足，一直嘻嘻哈哈，她们已经不是女人，变成男人，没有了尾巴中的毒素。

丑人多作怪，死八婆个性的女人还是不少，她们非常可怕，像台湾地区的吕秀莲就是一个典型的例子。但是最最可怕的，并不是女人，而是像女人的男人，说起话来只见下边牙齿的居多，像台湾地区的陈水扁，也是一个典型的例子。

骂女人的另一条黄金规律，就是先骂男人。

女人越强势，对家庭毁灭性越大

"出来喝杯咖啡，我有话向你说。"珍妮来电话，我知道有重要的事发生在她身上，要是没有的话，她从来不会找我。看在老朋友的份上，我赴约。

遥望着维多利亚海港，景色迷人，等了快一小时，珍妮来到，依然是那么好看，已经是这个年纪的人了。

"国梁不要我了，我们在办离婚手续。"她一坐下来，劈头来这种话。

听了有点愕然，他们是理想夫妇，怎会闹到这地步？

"你知道我们是青梅竹马的，他是我生命中第一个男人，我也从来没有碰过其他的。"她说。

和我纠缠的那段日子呢？那么我不算是一个男人吗？

"十六岁就给了他，三十年了，换来的是这么一个结局，你说我应该怎么办？"

面对事实，重新来过，只有这种选择呀，我心想。

"好在我们那两个孩子都大了，才不影响到他们，阿尊你抱过的，我从他小的时候就决定要他当医生，果然做了一个很成功的兽医，不过他人在美国，不肯回来。阿祖我一直要他当律师，现在他也走进这一行。"

我听说他小儿子做不成律师，现在在一家律师楼出出入入，向还没有决定要不要打官司的人出主意，所谓的"师爷"就是这种人物。

两个儿子从小就受母亲完全的控制，穿什么衣服，请什么人来补习，这个女朋友不好，等等，只有母亲的声音，从儿子口中听到的只是"是是是"。

正想问她丈夫是和怎样的女人搞上时，她已经先开口："我怎么看也看不出她有什么好？样子又不漂亮，瘦得像一根竹竿，大学也没念过，这种女人，满街都是。"

是呀！照她所说，国梁不会爱上这种女人才对。

"三十年了，没功劳也有苦劳的呀！"这句话是家庭主妇常用的，我不知道听过多少次。

珍妮的丈夫梁国梁，是一个会计师，绝对不是花花公子型的男人。但这种男人最危险，遇到了一个新的，就完蛋了。所谓的"临老入花丛"。

"移民到加拿大去，也不是我的错呀！"她继续说，"不是我第一个人这么想，把房子卖掉，去那边买间大的，谁知道那边的房地产一直起不来呢？不过话说回来，就算留住，现在也跌得不像样，哈，早知？哪有早知的？广东人说，有早知，没乞儿。"

这一点我是同意的。

"那个女人也是我介绍到他公司去做的，看她人品不错，才决定请她。公司的事，大大小小，还不是我一手打理？国梁人什么都好，什么都迁就别人，到最后吃亏的是他，不替他安排的话，公司早就倒了。真想不到那女人会变成狐狸精。"愈讲愈激动，珍妮开始哭了，"三十年了，没功劳也有苦劳的呀！"

到底是怎样的一个女人？我真想看看。珍妮好像猜到我在想什么："记得戚华义吗？她就是戚华义的女儿。小戚的老婆还有三分姿色，长得像妈妈就好彩，但是样子和她爸爸是一个饼模倒出来的。"

我当然记得戚华义了，当年也追求过珍妮的，样子像《一百零一次求婚》的男主角，我们一班朋友都说是绝对不可能的事。

戚华义后来和一个平庸的女人结了婚，只生了一个女儿，我也见过，像珍妮所说，瘦得像一根电灯柱，而且还驼背，梳了两个老太婆髻子，绑着花布。如果你记得大力水手的女朋友"橄榄油"是怎么一个样子的话，就知道她是怎么一个样子。不，这么说也侮辱了"橄榄油"，这个女人笑起来看到两排牙箍，像《007》片集中的钢牙多一点。

"国梁太不争气，到了加拿大，在会计楼找不到工作，有个朋友请他去餐厅当经理，薪水不错。但是他死都不肯，一定要跑回香港。租了一个小办公室，只请了两三个职员。戚华义那个女儿要是长得像陈水扁那个翻译我没有话说，像克林顿要的那个肥温我也能够理解。哈，三十年了，没有功劳也有苦劳呀！"她重复又重复，一口气把话说完，我才发现自从坐了下来，自己还没有开过口。

我朝着洗手间的方向，走开。

就是那么巧，站在我身边的不是梁国梁是谁？

"喂！你太太也在外面喝咖啡。"我说。

国梁把手指放在唇上嘘了一声："千万别告诉她我也在这里。"

"你怎么会和戚华义的女儿搞上了？"我问。

"哪里有这一回事？都是她疑神疑鬼。"

"又怎么弄到要离婚呢?"

"我忍受不了她。"

"三十年了,不忍也忍了吧?"

"就是最后这一件事忍不了。"

"什么事?"

"我要求她,在我回家的时候不要骂菲律宾家政助理,我没有什么其他要求,只有这一样。我不在的时候,她要骂让她骂个够,只要我在的时候不骂就行。"

"她照骂?"

梁国梁点头:"你明白我说的?"

"我明白。"我说。

总是说得意,其实是无礼

和香港女人交往,你会发现她们用的词汇少得可怜。

像吃到什么好东西,她们从来不赞好吃,只说一声"得意"。一切事物,任何场合,都以"得意"二字表达。

这个发型好不好看?得意。那种花美不美?得意。这孩子聪不聪明?得意。喜不喜欢那种须后水的味道?得意。

凡事不赞同,就大喊"黐线"了。

玩多一个钟才回家吧?黐线!明天七点吃早餐?黐线!要不要抽一口烟试试?黐线!送一百朵玫瑰给你?黐线!

有什么新主意,向她们说了,香港女人就会用"好贱"来做结论。

不如一块儿去玩过山车吧?好贱。那家伙服务态度不好,不必给小费吧?好贱。多吃点雪糕不会胖的?好贱。

有时"黐线"和"好贱"也有交换来用。一起脱光衣服去浸温泉吧?这时本来可以"好贱"来表现,但她们瞪了你一眼:"黐线!"

黐线与好贱,在同学、同事和朋友之间运用,什么话都可以说,但对长辈们也"黐线"来,"好贱"去,套用她们的话,就是不很"得意"了。

不但词汇少，一个"请"字也不肯用。打电话找朋友，办公室里的女人总是说"等等"二字。友人说：教她们一辈子，还是"等等"，当今工作难找，是炒鱿鱼年代了。

要香港女子说一句"早安"，也不容易，这次旅行团那几个年轻的，早上从来不打一声招呼，还是上了年纪的有礼貌。

香港男人多过女人。女人自恃青春，礼教和用词不必管它，以为一定嫁得出去。久而久之，成了老姑婆，还是"黐线"和"好贱"，更没资格当上"得意"了。

当然，也有例外，你就是例外。

尊重别人，别人才会尊重你

打电话到办公室找朋友，女秘书听的。

"请问王先生在吗？"我知道她会问我是谁，先报上姓名。

"等等！"她命令式地说道。

心想，说一声"请等一下"会死人吗？为什么连这一点点的基本礼貌都没有？

近年来的新人类，已达到不能接近的地步。我对青年人，当他们是同辈，绝对没有倚老卖老的态度，因为我也年轻过。

但是，我们年轻的时候，是懂得礼貌的。

办公室中，职员倒茶敬客，已是香港女人从来不屑做的事。这也不要紧。一早到公司，绷着面孔，苦口苦脸的，好像人家欠她几千万，别说是向人说一声"早"。

到底香港女人变成了怎样一个怪物？大概在人口比例上，男人多，女人少，所以一个个都摆出一副"不要嫁给你"的嘴脸。

哈哈，有报应的。香港男人去娶内地女子和日本婆，让香港女人一个个变成"老处女"。

"谢谢"更是她们说不出口的一句话。所有恩惠全由她们施舍出来。女人从来没有得过一个好处,别人从来没有帮过她们一次忙。一切都是人家欠她们的。

"对不起"更是禁忌,自己从没做过错事,道什么歉?

说回听电话,别的同事桌上电话响,那是她们家里的事,代她们听什么?铃铃铃,宁愿被吵死,也不管。

完全反映出这些女人的教养。

尊重别人,别人才会尊重你。这是最平凡、最普通的常识呀!但屡讲不听。

遗传基因使然吧,已无可救药。坏因子一代不如一代传下去。今后她们受到的惩罚,是她们的女儿摆出更丑的嘴脸给她们看。

要扮男人的女人，越来越不像女人

我不是一个好男人。

但是，我喜欢女人，欣赏女人；拥有此种资格，才能数女人的缺点。

香港女人，已越来越不像女人，因为她们要扮男人。

另一个原因，是在人口的比例上，她们的人数不多，所以给男人宠坏了。最常见的例子是她们穿起裤子来，穿裙的女人已少见，旗袍，更已绝迹。

剪男人头、穿西装的女人不断地出现，她们以女强人的姿态，入侵办公室，抢男人饭碗；她们在商界出现，甚至攻进市政厅、立法局等。她们拒绝做家务，宁愿花掉所有的收入请一个菲律宾家政助理，也要抛头露脸。

应该受保护的不是什么珍禽异兽，而是女人这种雌性动物，恐怕今后只能在人文博物馆中才能见到。

香港女人从小就幻想把初夜权送给丈夫，有如一件宝贝。但多数在什么节日中，像中秋月饼一样，糊里糊涂给人吃掉。如果不是担心一早丧失，便是紧张什么时候才能丧失。愿意一早丧失后有很多人想要，但是更怕太迟丧失没有人要。矛盾之极，已到绝顶。

从学校出来之后，她们已经不受父母的管束，自己搬出来住，以为这样就可以自由自在地大玩特玩。但她们又发觉事实并非如此，没有多少个男伴上门，所以星期天还是请双亲和兄弟姐妹饮茶，并不是因为孝顺及顾家，是因为没地方去。

租的地方像一个鸟巢，偶尔有男友进门，她们一定把卧房关得紧紧，只让他在客厅坐。当然在床上做爱比沙发舒服，但是房间里乱七八糟，床单已有十四天不换，几十瓶化妆品堆满浴室，地板上尽是饼干碎和巧克力包装纸。

终于，她们结婚了，终于，她们有了孩子。

人类有个神话：怀孕中的女人最漂亮。

这个谎言骗了男人很久。其实大肚子女人一坐下来双腿张开，双膝浮肿。乳房虽然胀大，但给肚皮一比，还是那么小。当今她们思想进步，可以让丈夫进医院看她们生子，拼命叫喊，目的是要男人多点内疚。

孩子生下，她们捏捏睡着的婴儿，看他们醒了没有，又将家里的东西完全消毒，最好连丈夫也喷些杀虫水。

也有一些未婚妈妈。

做未婚妈妈的要有钱才行。穷女人是不能潇洒地走一趟的，不然她们留在家里看孩子的话，就会被人说没有收入，绝对是让人养；出去外头做事的话，就会给人说不尽做母亲的责任。猪八戒照镜子，两头不是人。

做单身贵族的女强人，周围男子看不上眼，可以上床的那些一定有太太。女强人做不成，偷偷地当情妇了。

"他老婆不了解他。"

"她长得太丑了。"

女人说。

但当她们在洗头铺遇上了那人的太太,即刻自惭形秽,安慰自己:"他喜欢我,因为我有脑筋。"

今后情妇的生涯包括了午餐后的幽会,或者偶尔的一夜性爱。男人一边做一边看表,一到十二点,像灰姑娘一样冲出她的家门。

遇到圣诞节和其他公众假期,女人又得和家人饮茶去。女人又说:"不必羡慕那些结过婚的女人,她们迟早完蛋。"

果然如此,离婚后,女强人出现在公众场合。身边的男伴多数是同性恋者。运气好的时候,碰到个钻石王老五,但他们认定她能马上到手,如果当晚不上床,下次就没有电话来了。未嫁女强人越想越气:"世上就是那么不公平,有些人嫁了几次,怎么我们一个机会也没有?"原因很简单,因为她们不照镜子。

像涂灰水地把整个脸换掉,她们照样把口画得大大的。这也不奇怪,她们只有靠这把口了:"上个礼拜我上去的时候,坐在鲁平的旁边。"

把自己身份提得越高,越是嫁不出去。跟着便是乱发脾气,专挑办公室传递员来骂了。嘴边无毛的小厮待她一转头,掩着嘴笑:"更年期!"

生育年龄过后,对性事的要求减少,所交的尽是一群和她们同年纪的老太婆了。

老女人生活在一块儿并不是她们志同道合,通常是互相残杀,不然便花所有时间去欺负她们的菲律宾家政助理。如果经济情况没那么好,便欺负她们养的宠物。因为女人有统治的天性,一切要经过她们管辖,才能瞑目而去。一家人最大的不是祖母,便是母亲,男人不跟她们争,因为男人已经疲倦了。

女人做尽坏事,但她们健忘,瞪大了眼睛说:"我讲过吗?"

女人最后的缺点，是数男人的缺点。

"这篇文章，也从头到尾数女人的缺点，你也不见得是一个好男人。"女人说。

我懒洋洋地回道："看第一句吧。"

女人又瞪大了眼睛答："我看过吗？"

原来长得丑也是一种罪

外地来的朋友要学广东话,问什么途径最快。

"交个女友!"我半开玩笑半认真地说。

"除此之外呢?"不知道他是不是对女人没有兴趣,才这么问。

"看电视新闻。"我说,"先看英文台,了解内容,再看中文台,学得最快。"

"这方法不错。"他说,"但是,你们播新闻的女人是那么丑!"

"也有几个不错的呀。"我说。

"难看的居多。"他反驳。

"美丑的定义是各花入各眼,看久了便顺眼的。"我说,"而且,由什么角度说香港播新闻的女子都丑呢?"

"用比较呀。"他说,"比较起中国内地、日本、韩国,香港的真是没得比,这一点你不会违背良心不认吧?"

我真的想不出什么理由来为香港女人辩护了。

"人家地方大,人选多嘛。"最后我只有这么防守。

"那么不会去外国请吗？"他又问。

"外国？她们会说粤语吗？"

"内地请呀！"他说，"珠江三角洲，女人都说广东话。"

说得也是，我哑口无言。

"人工也便宜呀。"他有理不饶人，"这也是专业人才，可以申请来港。"

"香港女子也有这种的专业人才！"

"但是丑呀！"他大叫。

"丑不是罪！"我也大叫。

"普通女人丑不是罪，上了镜头，一成为视觉污染，不是罪是什么？"他冷静地说。

我叹了口气，懒得回答，心想："够漂亮的话都去选香港小姐了，播什么鬼新闻？"

是什么让女人成为魔怪

打电话找人,对方是女性,能说一句"请等一下",听了满怀高兴,舒服无比。这个"请"字,从香港女子口中,再挤也挤不出一个,通常听到的,是"等等"!

"等等",似乎带有命令式的口吻,绝对没有"请"的语气。

香港女人出来做事,宁愿家中请个菲律宾家政助理,无可厚非。但是愈来愈没有礼貌,就变成一只魔怪了。

魔怪永远绷着脸,上班时遇到老板,也不会说一声"早安","多谢""唔该"这种字眼,更在她们的字典中找不到。

好像人家在前世欠了她们几千万,魔怪对任何东西都不满意,只在女人街中,找到她们眼中的高尚,是一件不堪入眼的服装。魔怪也常去廉价化妆品店光顾,这没什么不好,便宜不一定没有好东西,只是她们所选的,是一瓶闻了令人作呕的香水,连旺角欢场女人都不会搽的那种。

最喜欢的,是在背后讲别人的是非。简直是编故事的高手,不去当作家,是种浪费。

别以为魔怪多是嫁不出的女人,脾气才那么坏。她们愈长愈年轻。好端端的一个少女,一开口就是腥的,像一条躺在鱼档之上的货物,看上去新鲜,打开鳃,臭气冲天。在餐厅中看到一个父亲,向小女儿大喝:"吃就吃，不吃给我滚出去！"

大概就是这种家庭培养出来的吧？魔怪本来无辜，但后天不学好，不能把责任推给别人。

聘请这种爬虫类，是给自己丢面子。很奇怪为什么老板能够容忍，也许是魔怪长得漂亮吧。美丽的女人，做什么都值得原谅。

怪兽，请照照镜子，要是你自觉难看，开始学会说个"请"字。可惜，魔怪却认为自己是美的。

"丑"女人的十宗罪

丑女人，并不一定是讨厌的。

她们知道自己不好看，就用其他长处来补这个缺点，像努力学习，成为专家；或长成开朗的个性，谈吐幽默，讨人喜欢，等等。丑女人会愈来愈美，尤其是当男人心灵空虚的时候。这世界很公平，让她们嫁得出去，到底，平均起来，她们还是占大多数的。

但是，讨厌的女人，绝大多数都丑。自古以来，就有丑女多作怪这句话。

这些女人，如果她们称得上是女人的话，很容易认出，你身边有的是。

第一，说话时不用眼睛望着你，鬼鬼祟祟左看右看，整天想些坏念头。

第二，从不公开发表意见，总是和左右的人耳边细语，造谣生非。

第三，鸡毛当令箭，一抓到一点点的权力，从不放过，使尽为止，能令对方多难堪就是多难堪，这是她们唯一的乐趣。

第四，一开口，嗓子总是乌鸦般难听，嘴巴也放大，像只唐老鸭。

第五，谈话内容一定先表扬自己有多厉害，什么都懂，时常夹一两句发声不准、文法不通的英文来显示自己的语言能力。

第六，贪婪。小便宜绝不放过。喝茶时，临走会将桌上的那罐小蜜糖放进皮包。

第七，奉承。利用自己的小聪明，说了一大堆话之后，主题转到有钱有势的局中人，不要脸地赞美对方，有多肉麻就多肉麻。

第八，欺负人。对属下呼呼喝喝，当别人面前展示自己的威力。

第九，寒酸，从不见她们请客。还带着的是肮脏，衣袖上有油渍也不肯花钱去洗。

第十，爱唱卡拉OK，这一点最要命。

遇到这种又丑又恶的爬虫动物，最好当她们透明，眼不见为净，秽物一堆，望来干吗？

给大龄女青年的十句心里话

网上看到一篇最新的《无价的忠告》，是写给大龄女青年看的，试译如下。

一、抛开不重要的数字，这包括你的年龄、体重、身高和三围。让医生替你担心这些数字吧！不然付钱给他们干什么？

二、尽量和别的八婆交朋友，太过正经的会把你闷死，在你还没有闷死之前，找不到朋友的话，可以找精神分析医生。

三、不停学习，学计算机，学插花，学陶艺，学茶道，学任何你有兴趣的东西。外国有一句老话说：一个空闲的脑，是魔鬼的工作室。而这个魔鬼时常化名为"老年痴呆症"。

四、享受简单的生活，这包括睡午觉、一整天不做事，只是躺在沙发上看电视，连遥控也懒得按。

五、多笑笑，笑得太大声也不要紧，反正你房间没人可吵。你的邻居，只当你是疯婆罢了。

六、凡是遇到悲哀，大哭一场好了，反正你房间没人可吵。你的邻居当你是疯婆，也惯了。

七、尽量接触你喜爱的东西，这包括你的宠物。如果你养的是一只母狗，那么替它找一只公的，别让它像你一样变成一个老大龄女青年。

八、注意你的健康状态：如果是好的，尽量保持；要是不安定，尽早去找医生，包括那个整容的。别以为整身生这个生那个，你的身体没有癌症，是你的脑筋有问题。

九、有什么就吃什么吧！这是大龄女青年的专利。胖了又如何？反正没人要，不要存一线希望而去减肥，那多痛苦！

十、别迷信灵和欲不可分开。有机会搞一夜情的话，总比用自慰机快乐得多。

— 第四部分 —

愿你成为最好的女子，
柔情似水精金智慧

一

求精神寄托的方法多得不可胜数，刺绣、种花、古筝、阅读，只是万分中之一，每种知识都可变成一门专门学问，每个女人都可寻回无限的人生乐趣。

弘一法师最常用的一句话是："自性其清净，诸法无去来。"

知道自己要什么,是一个很好的开始

一位女明星说:

"什么东西都是脑筋决定的。知道自己要些什么,已经是一个很好的开始。这些钻石多漂亮!它们是我的好朋友。除了健康,钻石最重要了。"

"我拍戏时永远不会坐下,一坐下服装便皱了。我经常问我自己:要给观众看到我最好的一面,还是要坐下?这根本不必去选择。"

"不过,我穿衣服是为了女人,脱衣服为了男人。"

"一个好男人一靠近我,我就一直感觉到紧张,性方面的紧张。"

"性和工作,是我生命中仅有的两种东西。"

"如果要我选择工作或性,我会选择工作。我很侥幸,到目前为止,我不必做这种选择,至少一个星期之内不必。自从我长大之后,没有拥有这两样东西,不会超过一个礼拜。"

"我找男人不会困难,他们会找到我。我在任何男人身上都会发现他们的好处。不,不,不能说所有男人,大部分的男人吧。"

"我自己想做么就做什么,大家都在忙着想别人在想什么。自己想东西,才叫作为自己活下去。"

"幻想会使自己快乐。我们不必花脑筋去折磨自己。要照顾自己的身体，不如先照顾自己的脑筋。一直往坏处想，脑筋会起皱纹的。"

"还是谈谈男人比较有趣味。"

"男人很滑稽，当他们追求我的时候，把钻石链圈在我手腕上。得到了我之后，马上要把烧菜的围裙围在我腰上，我才不罕钻石的手铐呢。"

"不过我也不会和男人辩论的，一辩论，哪有心情去做爱？"

"有些女人不知道自己要些什么，我就知道自己要些什么。"

"怎么去教那些不知道要些什么的女人？"

"不熟的女人，我是不教的，我对任何女人都不熟。男人才熟。"

"我相信性是一件不必羞耻的事。我看不出恋爱有什么罪恶。纵欲更是美妙得很。"

"性和爱是世界上最伟大的东西。"

"没有情感的性爱？不太坏呀。"

"性是一种很好的运动，对我们的身体很有好处，尤其是对皮肤和血液循环。你看，我的皮肤多好，摸一摸呀，你会感觉到我的皮肤是很好的。"

"最重要的是要先了解自己，知道自己要的是什么。了解对方？那并不重要。"

"我也忘了对性需要的时候。我一直做爱，怎会不记得？"

"我一直需要很多的男人。一个下雨天的晚上，有多几本书看，比只看一本书好。"

"而且，只有一个男人的时候，你会想去改变他。多几个的话，你就不必花工夫去改变他们了。"

"女人花太多时间去说：不、不、不。"

"她们一直在训练自己说不，结果到了礼拜六晚上，只有留在家里洗头。"

"男人多好！没有一件事比把头靠在男人胸口上更舒服。可是也不必靠得太大力。"

"我把男人哄得以为自己是英雄人物，不过经常由我说拜拜。"

"我永远不明白，为什么女人会为一个男人要生要死。失去一个还有另一个呀。为什么要痛哭？痛哭的时候嘴巴向下歪，皱纹就生出来了！没有一个男人值得去长皱纹的。"

"婚姻是愚蠢的，我不相信有些事对男人来说是好的，对女人来说是不好的。女人结婚时是结婚，男人结婚是有时结婚，有时不结婚，完全由他们决定。"

"我们女人总比男人强，他们做爱做到疲倦时，我们还是可以照做下去。"

"性爱是一切东西的原动力。我们有很强的欲望，才会用这些力量去创作。"

"我工作时就不会和男人做，我要把这些力量省下来，放在我的工作上。"

"至于生孩子，我不想生，我小时候，有一个洋娃娃，我知道自己的孩子不是洋娃娃，你不能在玩厌的时候把它扔掉。我不是一个做好妈妈的人，我尊敬那些可以牺牲自己去做好妈妈的人。做母亲是全职的。我已经有自己的事业，我不相信我会把两种事业都做得好。"

说这些话的人叫梅·蕙丝（Mae West），她自己写剧本演舞台剧。到了四十多岁才拍电影，在好莱坞红极一时。

梅·蕙丝出生于一八九三年，那是一百多年前的事。

人的高低，从谈话之中即能分别出来

我常说人的高低，从谈话之中即能分别出来。今天重读张爱玲和苏青的访问，更觉得我的话没说错。

有个记者约了她们对谈，地点在张爱玲的公寓，讨论的是职业、家庭和婚姻的问题。

一开始，苏青就滔滔不绝地发表她的理论，说职业妇女太辛苦了，没家庭主妇那么舒服，在外工作之余又要操持家务，男人还要千方百计去抢她们的饭碗。

张爱玲听了只是简单地说，社会上人心险恶，本来就是那样。

苏青又说一大堆话来支持自己的论点，张爱玲淡淡地："我不过是说，如果因社会上人心坏而不出去做事，似乎不能接受现实。"

苏青再诉苦一番，又说职业妇女的丈夫会被喜欢打扮的女人抢去，岂不冤枉？

张爱玲说："可是你也和我说过，常常看到有一种太太没有脑筋，也没有吸引力，又不讲究打扮，因为自己觉得地位很牢靠，和这种女人比，还是职业妇女可爱一点。和社会上接触多了，时时都警醒着，对于服饰和待人接物的方法，自然要注意些，不说别的，单是谈话资料也要多些，有兴趣些。"

关于金钱，苏青认为用别人的钱快活；张爱玲说不如自己赚来的花得那么痛快。不过用丈夫的钱，如果爱他的话，那是一种快乐。

苏青又批评那些抢人丈夫的女人都不做事，张爱玲说："有些女人本来是以爱为职业的。"

苏青说这对兼家务和工作的女人不公平，卖淫制度不取消，会影响到婚姻。张爱玲说："家庭妇女有些只知道打扮，跟妓女其实也没什么不同。"

讲到家庭和孩子，苏青长篇大论，还是张爱玲聪明，她没经验，不出声。

一见不是美艳，但愈看愈耐看的女人

喜欢一见不是美艳，但愈看愈耐看的女人，大陆有徐静蕾，来自台湾地区的，是刘若英。她们的共同点是都有理想，智慧又高，除了当演员，还在其他多方面发展。

刘若英的《我想跟你走》，大田出版，一口气看完，像一个新朋友，把身世向你娓娓道来，令人感到亲切。

一般台湾地区的作者的文字都太过冗闷，一句话用了二三十个字也不断句，刘若英的没有这个毛病，清新可喜，内容又可读性极高。

从她的老家搬迁的事讲起，到她两岁时就已离婚的父母，其中出现了不少令人沉思的话：在一起的时候，需要两个人做决定；分手的时候，只需要一个人。什么都没有发生，同时什么都无足轻重；然后你发现，原来生命就是如此……

对父母的离异，作者并不带苦涩，小时还有点误会，长大了深切了解，又因为了刘若英，父母偶尔走在一起，她看到了，像小孩子一样顽皮地："吼——约会被我抓到！"

描写婆婆不肯丢掉一生的回忆、老管家的恶毒和祖父秘书的忠心，人物都活生生的，令人感动。写友人的遭遇，拍成电影《生日快乐》。

有些女作者也记载过身边的人物，但是读者不关心，认为这是你家里的事，但从刘若英的文字中看到，就受感染，这是为什么？完全是因为她的一份真挚，毫不造作。

能讲的就讲，不然就轻轻带过，像描写自己的恋人，篇幅不多，讲到自己的事业，演唱方面多过演戏，开始出道时的惶恐和焦急，都引人入胜。宣传时摄影师要她少穿一点衣服，老板要她提供花边，但刘若英心甘情愿地做一个"隐形艺人"，也坚持自己的原则。

张艾嘉选这个徒弟，眼光独到，她们都是慢热的，都很有气质，并不一炮而红，但在艺术生涯中，可以走得很长、很远。

每个独立的人都应该拥有一些隐私

这位春茗中的名流太太还讲一句更荒唐的话,她说:"选择结婚之前,对方必须将过去的感情生活和盘托出,不要隐瞒,这种婚姻才会维系得长久一点。"

听了毛骨悚然。

每一个独立的人类都应该拥有一些隐私,这么简单的道理,难道这个女人不懂?

和盘托出?

人尽可夫的女人,怎么和盘托出?不吓死对方才怪。

她和男人都上床,但到了嫁一个男人时,她已是圣女贞德,对方不知道,便以为她是,这不好吗?为什么不可改变形象?

而且,结婚之前,做什么都是大家的自由,就算多么荒唐,也不要紧。人类是犯贱的,他们学会了一个叫"阴影"的东西,你尽管说什么都能原谅,是呀,原谅之后,定有阴影。

女人最大的复仇,是将"阴影"分期付款地告诉男人。尤其是当她们知道这个男人离不开她们的时候,一天告诉他们一个过去的男人,有时两个,有时一群,把对方折磨至死。

现代人的结婚年龄愈来愈迟，男女双方绝对有些过去，可以别提就尽管别提，说了等于捉虫入屎忽。

女人的记性之强，来得惊人。一有龃龉，即数对方过去的不是。从头到尾，重复又重复，她将为男人制造一个私家地狱。和盘托出，死都有份。

她们自己当然可以和盘托出。和盘托出的女人，过去一定是一张白纸。这种女人，不是丑就是非常之闷，因为从前没有男人肯接近她们。

做完爱后，不停地说她们过去的男朋友的女人，也是天下最愚蠢的女人，避之避之，切记切记。

没自信的女人才靠隆胸取悦男人

曾看过一部日本的黑白纪录片，为女人整容印下的石膏面谱，数万个之多，堆积如山。

纪录片中还有替女人隆胸的镜头，在乳房下端开一个洞，把一些莫名其妙的东西注射进去，真是神奇，那个女人胸部像拜神的发糕一样，噗噗噗地膨胀起来。

这是最原始的方法，后来发现注入之浓液出现毛病，和身体的细胞打架，不愿留下而喷出，弄得女人哭丧着脸，好在当年没有什么人权法，不然那些整容医生绝对被女人告到破产。

后来，我在日本，常带女明星去整容，和出名的十仁医院院长梅田混熟了。一天，到他诊所，他拿出两团半透明的东西，兴奋地大喊："啊！伟大的发明！叫西里共（硅）。对人体绝无害处！女人有福了！"

说完，他把那两团东西放在天平上称了又称："一定要分量平均，不然做出来一大一小！"

我好奇地望着。

"你捏捏看！"他提议。

当然不放过机会，摸了一下，觉得并不像观看的印象那么柔软。

梅田院长看到我的表情："是的，硬了一点，所以不能打进去，要开刀，你有没有兴趣看看？"

好奇心是我最大的毛病，即刻去矣。

梅田吩咐女护士为我穿上白袍，戴了面罩，走进手术室。见一个裸着上半身的女人躺着，已被施了局部麻醉，双眼还能溜溜地看人。

拿了签字笔在那女人平坦的胸部下各画了一条记号，梅田用锋利的手术小刀将它们割开，血流如注，差点儿不忍心看下去。

梅田把那两团硅胶大力地塞了进去。眨眼间，那女人胸前多了两块肉，和她那消瘦的身材极不相称。梅田向两名助理医生呼喝："缝上！"

年轻人眼力较好，两人左右一边，有如女红那么熟巧地你一针我一针，手术大功告成。

我看得目瞪口呆，双脚牢牢地种在地上，要梅田院长大力拉，才能离开手术室。

"不……不会……留……留疤痕吗？"事后我问。

"当然有两道纹啦。"梅田说，"但是地心吸力会帮助遮掉的！"

"不过做爱的时候，丈夫也会看到的呀！"

"已经娶做老婆，还能退货吗？"梅田院长大笑。

跟着科技的进步，那两团硅团渐渐地发明到质地较软，已经可以在乳晕下面割开，由此注入，疤痕较为小得多，只像两道眼睫毛般大。但是乳头不受地心吸力影响，不坠下去，所以遮不到那两道疤，这是最大的缺点，也是许多女演员虽然想拍三级片，也不肯被人看到全相的原因。

直到最近，整容医生更有由女人左右臂上插了一条管，弯曲地通到胸部，再将硅团注入的新技术。

这下可好，女人能够说臂上的疤痕是种牛痘留下的，天衣无缝。

但是就算注入的分量均等，到达胸部时，硅团有时集中，有时发散，结果还是一大一小，整容医生拼命用手塑造，也救不了，这是新技术不够完善的地方。

而且，硅囊会出现分离现象，时常出现一个"8"字的形状。

如果各位在看女演员露出半边乳房的照片时，仔细观察，便能发觉本来的圆满中，忽然中间有道阴影。

要知道名女人有没有做过隆胸手术也不难，通常是她们自己暴露出来的。一个平常不太穿低胸衣服的女人，有一阵忽然每张照片都露一露，那肯定已经做过。隆胸手术像一件新衣，得手之后不展示一下，花那么多钱，女人才不甘心呢。

发明硅团的是美国的大药厂，本来十分可靠，但近来大公司也承认有毛病，绝大多数动过手术的人，都有本身细胞排斥硅液的现象，可能长出毒瘤。现在大公司已经开始登记病人的记录，逐个赔偿。不过这都限于证实用过他们产品的患者。亚洲女子见有便塞，有些还求其便宜，找没牌医生做手术，更是告不得也。

隆胸女人切记要吃得多一点，保持略为丰满的身材，便能遮丑，要是愈来愈消瘦，已见胸骨，但还肿着那两团肉，极为恶心。

话说回来，女演员与欢场女人隆胸，为生财之道，又无可厚非。如果只是爱美，那大可不必。父母养育之躯，岂可白白糟蹋！

整容医生当然有另外一番解释："牙齿不整齐换假牙，又不见有人批评。

胸部不完美，增大了还不是一样道理，管人家说些什么！"

虽说爱美是女人的天性。始终，是因为女人没有自信心才去做这些劳什子玩意儿来取悦男人，这一点倒要同情她们才是。

不管多完美的手术，一经抚摩，总会觉察不对劲，除非男人是一个毫无经验的笨蛋。英国男人也隆胸，雄性动物也好不到哪里去。

如果多余的智商用来关爱

一位好友到处拈花惹草,太太闹着要和他离婚,他大喊无辜:"我不是不爱你,我只是想同时地多爱几个女人,这也有错?"

另一位朋友在半夜十二点钟和女友去九龙塘爱情酒店开房,给他太太看到车尾牌,要进去捉奸给酒店人员阻挡,便死守酒店门外,等丈夫一走出来大兴问罪。

因为他是公众人物,酒店的侍者向他告密,得到大笔的小费。

这个朋友即刻由酒店后门溜去,叫了辆的士赶回家中,拿张五百块打赏守门的佣人,吩咐他无论太太如何询问,一定说他九点钟已经回家。用人得人钱财,替人消灾,当然答应。

问题是太太的心腹菲律宾家庭助理玛丽亚,怎么应付?半夜十二点,玛丽亚已经熟睡如泥,这个朋友把客厅的大钟倒回到九点,叫醒玛丽亚,责备她为什么这么早就去睡,玛丽亚睡眼蒙眬,一看钟也才九点。主人说没事了,消夜自己做好了,继续去睡好了。

在这混乱之中,友人没有忘记叫他的死党带了他的女友去同一间爱情酒店开房。

死党驾车直入,太太当然不会去注意是什么人。进去之后。死党用"笃、笃笃笃"的暗号敲情妇的门,带了她,一男二女堂堂皇皇走出来,坐上友人的车，扬长而去。

太太一看以为眼花，自己的老公怎么变成别人？一个女人怎么变成两个？

在目呆眼定时车子已驾走，来不及跟踪，只好折回家去。一见守门人，问说先生呢？回答在九点钟已经回家。这个守门人信不过，进房摇醒心腹玛丽亚，玛丽亚也说主人是九点钟回来的。车子好好地停在车房，死党已经飞车，比太太先抵达，放下车后逃之夭夭。穿着睡衣的老公蒙头大发鼻鼾声，太太以为自己神经错乱，此事平息。

男人要偷情，有一千零一个办法，早有下楼去吃一碗云吞面的例子。太太要与他们斗，只让他愈斗愈精，愈斗愈狂。为什么太太不会把她们的智能化为一点点的关心、一点点的爱呢？

男女为什么相遇，是缘分

小时候见奶妈求神拜佛，甚不以为然。

"灵吗？有用吗？"问道。

奶妈以她最简单、直接、淳朴的道理回答："拜时什么都不用想，已是福气。"

当年，我是听不懂的，但是奶妈的神情是自然的，是慈祥的。

渐渐地了解片刻安详的重要，再也不敢疑问女人为什么那么迷信。但是在今天的观察，发现求神拜佛已变成一件讨厌的事。

天真可爱的少女，很少信佛，她们最多跟姑妈们到庙里走走，胡乱地朝拜一番，只觉好玩罢了。

不知什么时候开始，少女开始不吃牛肉。

失恋、做错了事、祈求运气的转变，自信心动摇，女人盲目地参加了宗教的行列。

从不吃牛肉，变本加厉到每周吃一天斋，到放弃吃任何肉类，完全素食为止。

接着家中设了佛坛，购入香炉，添上念珠与木鱼。偶像由明星歌星变为菩萨观音、天后娘娘和关公的时候，是由她们嫁了人，情感或经济上出了问题而开始的。

一个好端端的女人，忽然，有一天，她跪在地下，手举重棒乱敲一番。问她干什么？回答说在打小人。当然这个无辜的纸公仔，是狐狸精的替身。

一个好端端的女人，忽然，有一天，她对着一张印着"贵人"或"财神"的小红纸膜拜。

一个好端端的女人，忽然，有一天，她做什么事都要看过《通胜》（即《皇历通胜》）才能行动。

接着下来的是看到她们把床由这个角落挪到那个角落。问她为什么？回答说风水不好。

包给风水师父的红包一个数千元，大量的金钱花在巨大的办公室上，酬金以中国旧尺寸计算，不是现代化的分米、米。

将任何错误都归咎在生辰八字上。女人常常算个老半天，才发现她们的父母连她的诞生时间是早上或晚上都搞不清楚。

更多的金钱注入在看命看相上，左看右看，女人的结论是看命师傅所讲的，好的不准，坏的一定来。

人类的求知欲极强，不断地寻求答案。人生有何意义？男人为何邂逅？我们很冷静地从加减乘除，到逻辑，更以哲学来分析。当哲学也解答不了的时候，我们只有向哲学的老大哥——宗教请教。老大哥说："男女为什么相遇，很简单，是缘分嘛。"

从此，"缘"这个字一直存在我们的生活之中。

女人不同，她们信仰宗教绝对不是为了做学问，谈哲学也毫无兴趣，怎会去研究佛经？

记忆力好的会把整篇《大悲咒》背下来。差一点的念念最短的《心经》，但是"般若波罗蜜多"是什么意思？意大利文或是客家话，不求甚解。

女人拜佛绝大多数是有目的的。要求诸事，一跪在神明面前即刻索取：求老公快点抛弃二奶，求儿女进间好学校，求一笔横财，求菲律宾家政助理听话不偷钱，求……而且，她们还向神明开条件，如果一切如愿，明年才烧乳猪来还神。问女人说弘一法师是谁？十个有九个不知。

最讨厌的是随便地跟着一个三四流的和尚，法师前法师后地打躬作揖，然后听了一点似是而非的道理，便把这个轮回理论向周围的八婆重播又重播。这些和尚说的不过是禅学中最基本的故事，已听过几百次，和尚还当宝地举行大会演讲，叫人捐钱，真是佛都有火。

当女人也变成神棍时，最开心的应该是她们的老公。嘻嘻嘻，你越花时间去拜佛，我越多的空闲到外面鬼混，反正你们越来越慈善，有一天把二奶接回家来你们也不发脾气了，嘻嘻嘻。

可怜的女人，为什么求神拜佛？总结起来，答案只有一个：因为她们寂寞。

求精神寄托的方法多得不可胜数，刺绣、种花、古筝、阅读，只是万分中之一，每种知识都可变成一门专门学问，只要向神坛争取回一部分的时间，每个女人都可寻回无限的人生乐趣。

弘一法师最常用的一句话是："自性其清净，诸法无去来。"

连德高望重的高僧都教你们不必拘泥了，为什么你们越陷越深地把自己当成老尼姑？

对宗教发生兴趣是件好事，步入中年，不管男女，都能在禅学中得到安宁。

认识的一些好女人也拜佛，她们的态度是超然的，不强求的。信信风水命相，当成参考，心安理得，命运是掌握在自己手中。

宣扬看开的女人神棍，自己最看不开。看开了，默然微笑，还有必要向人声嘶力竭地宣扬？

保持自性真清净的少女心态去信佛，最令男人着迷，永不厌倦的。

当了神棍的女人，只能面对丈夫软绵绵的生殖器。若有性要求，神明也帮助不了，剩下的是那根木鱼棍。

当男女角色互换时

一位报馆的女记者打电话来问我:"对三八妇女节,你有什么看法?"

我第一个反应是:"那么我们四月九日,也应该来个男人节呀!"

既然大家都喊着要平等,为什么女人一拥有,就不管男人呢?

不过有些女人连妇女节也不要,她们觉得这是男人施舍的。妇女也是人呀,为什么要特别给一个节日呢?是不是因为没有地位才弄这么一个日子来庆祝?别以为这是说笑,你试试看给美国女人一个三八节,她们一定找律师告你性别歧视!

美国女人的自卑感已经发扬到最高地步了,她们相反地自大起来,男人要是替她们开车门、点香烟,对她们都是一个极大的侮辱。

从二十世纪六十年代火烧奶罩至今三十年,她们变本加厉地大声嘶叫要平等,目的达到了,产生的是对男性的性骚扰。流行包二公,已是不久将来的事。

好呀,男人说,你们去做工养家,孩子由我们带好了,天天看电视,薯片碎吃得整个沙发都是,优哉游哉,离婚时财产分一半来,何乐不为?

要是一个男人在性的方面满足不了女人,那么让她多几个丈夫,也乐得安静。别受什么道德传统的观念束缚,看开了,也不过是那么一回事,你们要多几个男人就多几个男人，只要家用不减少，管你那么多！

最好是像巴厘岛一样，女人耕田，男人斗鸡，把田中的泥土挖出来塑型，让太阳一晒，变成石头一般硬的雕刻艺术品。闲时还把一大朵红色的鸡冠花摘下来插在耳朵旁边，漂亮到极点。

要不然就学西北某男人，四个共侍一妻，一个负责搭帐篷、一个牧羊、一个煮菜、一个念经。等轮到值班才上床，一个星期一次，也和大都市的中年男人次数一样啊。越想越乐，是的，最好是我们不用为了生活奔波，每天在家烧烧菜，反正这是男人的拿手好戏，试问世界名厨，有几个是女的？

养小孩倒是要从头学起，这讨厌的小鬼，越理他越哭得厉害，把他扔在一边算了，粗生粗养的，还不是照样长大？我们的父母一生就是一群，个个都活了下来，何时烦到他们老人家？

洗衣服熨衣服也不好做，可以在买菜时撒撒谎，把剩下的钱付给洗衣店，让他们搞掂。最好的办法是向老婆大人说："呀，隔壁那个护士王先生也请了一个菲律宾女佣，你为什么那么不争气？"好，女佣一来，什么都交给她去做，又可以躺下来看电视吃薯片了。

要是女佣长得不太难看的话，乘太太不在，来个一两下子，反正当年先生公干时，有些太太偷过司机，为什么我们不能偷女佣？

连续剧中出现了女强人和男同事有一手，啊，不得了，要是有一天被老婆抛弃怎么办？好，打个电话到公司突击一下："喂，你在哪里？"

今天没事，做什么好呢？隔壁王先生来电话，已凑足卖保险的李先生和做公关的梁先生三只脚，就来一场台湾牌吧，打个电话到公司，说今晚不回来吃饭了，老婆听了一定大乐，她可以去滚了。

打牌之间，听到公关梁先生说："美美理发店那个女的不错！"下次一定要去试试，和这行业的女子鬼混最安全不过了，又不上身，做完后送她一点礼物，她们已经满足。

卖保险的李先生同行一位经理江小姐，人长得高大，找她买保险，见多几次，混熟了，听说也可以免费服务的。不过不要钱的最好别碰，万一对方对我们产生感情缠上身，不是好玩的，还是那个理发妹好。不玩白不玩，你以为太太们天天上美容院，还不玩的吗？是，是，是，王先生、梁先生和李先生都赞同。

打了一整晚牌，疲倦得要死，快点买包"亚士勃罗"假装头痛吧。

看老婆睡得像死猪那样子，不知道是去哪里搞完才回来，闻闻她身上有没有须后水的味道。

把她吵醒，要她买辆汽车给你："买一辆粉红色的好不好？"

"好。"老婆说。"为什么我说什么你都说好？""那么买辆黑色的吧。""不，黑色是死人色，不吉祥。""那么买一辆蓝色的。""为什么蓝色，你喜欢蓝色有什么特别的意义？""没有呀，什么颜色都好嘛。""你这个人做什么事都没主张。""你要问我的意见，我就说了，我不说，你又骂我没主张，我给你搞昏了，你说什么色就什么色吧，求求你，让我睡觉吧！"老婆投降。看她那委屈样，才有点满足。明天，去买一辆粉红色的车。

女人的话男人一定要听，但不一定要做

女人说：男人用性征服女人，女人用爱征服男人。

到底是谁征服了谁？让我们不分男女，以一个人类的观点来研究一下。

爱情和性，都有厌倦和淡化的一天。这两种武器，都太过原始，只适合用于小型的武斗，赢不了大型的战争。总要有一个结论呀！女人今天说。男人摇摇头，决定不了。总要有一个结论呀！女人明天说。男人又摇摇头，决定不了。总要有一个结论呀！女人后天说。男人只有点点头：你说什么就什么吧。

结论是有的，结论是女人一定胜出，但是用的不是爱情，是永无休止的纠缠。

不相信吗？试看每一个家庭，男人绝对不是一家之主。

权力最大的，是母亲，或是父母亲的母亲。连小孩子都知道这个道理。有什么得不到的要求，向阿妈落足嘴头，阿爸一定买给我。这一关行不通时，向阿嫲、老祖母撒娇，阿爸即刻投降。

愚蠢的男人，才以为在床上和一个女人睡了，便算是征服。他们是毫无自信地睁着眼睛，要看到对方的表情才能确定自己的胜利。

女人以道德当盾牌，说什么需要有感情才能做这一件事。男人信以为是，不敢拼命要求，也没有女人的耐性，半途而弃，便认为女人的话是对的。

其实怕人纠缠的不只是男人，全人类都受不了。男人只要认清这一点，无往不利。举个例子，许多出名的美女为什么嫁一群完全不衬她们的丈夫？

道理很简单，因为这些男人向女人学会黏功，死缠烂打，什么事都做得出，包括抱着吉他在雨天的楼下等待。别以为老土，女人是吃这一套的。

女人起初会讨厌这个男人，但久而久之，认为他们好使好用，一下命令，即刻遵从，便先把他们放在一边备用，到失意和失恋寂寞时，男的马上乘虚而入，一搞就搞上了，还有什么没有感情做不了的？女人也是人，性的欲望你我都有。所以女人在做爱的时候和男人的睁眼睛相反，她们老是闭着的。才不管你是阿猫阿狗呢！粤语残片也时常出现这么一句对白："我的心，是给另外的一个人！"

男人还以为征服了她们，哈哈哈。

第一次的性接触，总是刺激的。第二次，第三次，第一百次，第一千次。男女二者，对对方身体每一寸肌肤都看得一清二楚，对每一个架势，都预先知道。如果还会觉得刺激的话，那不是人，是稀有动物，值得科学家拿到试验室去研究。

"不是说过，需要爱情的吗？"女人得意地。

爱情和性一样，第一天产生了，很舒服。第二天，第三天，第一百天，第一千天呢？

所有的优点都变成了缺点。

起初由厕所板打不打开开始，到晚上着不着灯睡觉，到花钱怎么不先考虑一下，到对朋友比对自己更好，到对母亲比对自己更好，到邻居拥有你为什么得不到，到受不了你每晚的鼻鼾声，到……

女人喋喋不休的问题，海也枯了，石也烂了，山也崩了，地也裂了。

爱情在哪里？男人问。

好，一拍两散，离婚就离婚，谁也征服不了谁！

再也不是指腹为婚、媒人介绍的时代。大家的婚姻都经过轰轰烈烈的爱情。离婚，对人生是一次大失败。

离了婚可以得到第二春，可以得到另外一个人生，没有说错。但是同样的性的厌恶，爱情的消失，也是重复了再重复。不同的是，这次已经学会了忍。

常有人要求我替他们写个"忍"字。

"你结婚几年了？"答案是"二十年了"。

我即刻把他们轰出去，说："结婚二十年，已是忍的专家，还写个劳什子？"

大家都这么忍个数十年，到底男人的耐性是天生不如女人强，男人不久已学会放弃，所以征服者还是女人。

连克林顿总统也要听老婆推行的失败计划。男人受女人的左右，不是一件羞耻的事，早点放弃顽抗，早点得到安宁。外国人也有一句老话：打不败他们，就随从他们吧！

男人一随从，便老了，再也没有创作的力量。因为男人要有一颗童心，才不会老。男人吸引女人不在床上，是在他们创作时的力量，是在他们指挥时的神态，是在他们做决定时的威严，女人看了必定融化。

如果以为女人和男人是同一品种的人类，那是大错特错。女人不是人，女人是外星人。认清楚女人的小气、贪婪、纠缠、死要面子，男人才可以自得其乐。

千万千万要记得：女人讲的话男人一定要听；但是，不是一定要做。

天下太平，万寿无疆！

女人基本上都有统治才能和权力欲

从原始母性社会种下的根,女人基本上都有统治的才能。最大的本领是二十四小时的喋喋不休,疲劳轰炸之下,一日复一日,一年又一年,男人始终要投降,因为他们的心已懒。

最大的武器是孩子。女人很爱惜这件工具,绝不让男人去碰。做父亲的有时实在看不惯儿子那种嚣张,说他几句。

"骂什么骂?"女人咆哮,"要骂儿子,我不会吗?什么时候轮到你!"

男人不想和老婆吵,就静了下来。

这时候小鬼斜着眼看老子,阴阴嘴笑,整副藐视的表情,讨厌到极点。

一直忍,忍到忍无可忍,男人反抗:"这个家是我的还是你的?"

这时候,女人做的表情和她的儿子一样,怪不得嘛,她也有份的。

"好,家是你的。"女人说,"我走,我把儿子也带走。"女人这么一说,男人又完蛋。

一个小领土,女人是不会满足的,她的帝国要扩张出去,先是兄弟间不和开始,延长至与家婆的关系断绝,最后丈夫的朋友,也要由她来选择。朋友的话,可以交新的,父母兄弟只是那么几个罢了。小节可以忍受,但是到了重大的决定,男人应该站起来,向他老婆说:"闭嘴!"

后果当然不堪设想,但是一定要承担的。除非你已无能,不可以再找别的女人,不然的话,走就走,有什么大不了?奇怪得很,原来女人是绝对爱听"闭嘴"这句话的。统治者爱权力,也欣赏权力的。

不过,我教你这一招不可常用。用得恰当,女人爱死你。

你以为的对他好就真的是对他好吗

为了拍《霹雳火》那部电影的一场赛车，我到日本的下关去看外景。

这地方乡下得不能再乡下了，唯一值得一提的是，它盛产鸡泡鱼河豚。

一大早，海边的菜市场中便有河豚出售，是渔夫们一船船运到这个港口来的。

我见到了个熟悉的背影，绝对错不了，那是我的老同学佐藤。

佐藤在十多年前"人间蒸发"，这是日本的名词，说一个人忽然间没影没踪，不见了的意思。

真想不到能与他重逢，我大叫一声："佐藤。"

他愕然地回首，看到我，用手指在嘴边嘘了一下，打眼神要我和他一齐走开，其他渔夫都用奇怪的目光看着我这个陌生人。

"别叫我的名字。"他说，"我在这里，他们都以为我姓新井。"

我们走进一间小酒吧，普通人的清早，是渔夫们的深夜，有间酒吧，专做他们的生意。

"你为了什么人间蒸发的？"我问。

"唉！"他长叹了一声，"为了一瓶药丸。"

"药丸?"

"是的,"他说,"我有胃病,随时要吃药。"

"那又和你离家出走有什么关系?"

"你听我说嘛。我的太太叫美香,你也认识。"

美香,我想起来了,她是我们学校的校花,多少人想追也追不到,想不到嫁给佐藤这家伙。

"你很幸运。"

佐藤不出声了,过了一阵子,然后说:"再怎么美丽的女人,结了婚,都会变的。"

"她对你不忠?"

"不是,她是个贤淑的女人。不过,她太小心眼。"

"所有的女人都是这样的,这是她们的天性。"

"我也知道,所以我一直忍着。"佐藤说,"毕业之后,我考进电通公司,负责拍广告,算是有福,步步高升,后来还当上部长。"

"哇,在那么一个大机构,做部长可不是容易的。"

"收入也不错,但是当我想花点钱的时候,我老婆总是说:'老了之后怎么办?'我说:'有医药保险,有退休金呀。'但我老婆说:'怎么够?'"

"你们日本人不都是大男人主义的吗?"我问。

"我骂她一次,她听一次;骂她两次,她听两次。但是女人的唠叨,是以百次千次亿次计算的。日本历史上的大将军,多少错误的决定,都由他们老婆的唠叨造成的。"

"避免不了的事，就投降呀。"我说。

"太疲倦了，我当然投降。投降之后，无奈极了。她一步一步地侵蚀我的思想，我每一次点多一点酱油，她每次警告说对腰不好，我想多吃几个蛋，又是胆固醇太高。"佐藤摇头。

"一切都是为你好呀！"

"是好，一切都为我好。我太好了，太安定了，太健康了。家也不像一个家。不对，我说错，像一个家，像一个她的家，不是我的家。先由客厅着手，面纸盒要用一个织花的布包着，一切都是以她的口味为主，变成娘娘腔的，卧房当然女性化，连我的书房，也变成她的贮衣室。"

我听得有点不耐烦："你说那么多，还没有说到关键性的那瓶药丸。"

"我刚刚要说到那瓶药丸。"佐藤叫了出来，"我把药放在餐桌上，随手可以拿来服用。第一天，她就把瓶子收拾回药柜里。我说我知道你爱整齐，但是这瓶药，我想放在这里，随时可以吃，好不好？征求她的同意，她点点头，拿出来后，第二天，又收回去。这次我不睬她，自己放在餐桌。第三天，她再次地收进药柜。我大发脾气，把餐桌上的东西都摔在地下。第四天，她将一切收拾好，当然包括我那瓶胃药。"

"那你就头也不回地走了？"我问。

佐藤点头："她还以为我外头有女人。我年轻时什么女朋友没有交过？我绝对不是一个临老入花丛的男人。她太不了解我了。我把一切钱财都留给她，算是对得起她，从此，我由她的生命中消失。"

"她没有试过找你吗？"

"日本那么大,我一个地方都住不上一两个月,她哪里去找?日本住不下,我就往外国跑。我现在学做渔夫,捕捕鱼,日子过得快活,是另外一个人生了。人家活一世,我好像有活了两世的感觉。是的,我很自私,人一生下来就是孤单的。自私对孤单的人来说,没有错。"

"不喜欢的话,离婚好了,也可以有第二个人生呀,何必人间蒸发?"

"你不会明白的,女人是不会放过你的。"说完,佐藤把酒干了。他没有留地址给我,因为他知道,他妻子终有一天会找到我的。

"要是她有一天出现在你眼前呢?"我追上去问,"你会说什么?"

"以其人之道,还治其人之身。我会向她说:一切都是为你好!"

女人最可怕之处就是要求男人听话

"绑安全带!"

一上车,女人已经命令。

驾了那么多年车,男人怎么不会做这件事?但还是客气地:"呀,差点儿忘了。"

出了门口,男人向左转。

"转右!"女人又命令。

"昨天这个时候那条路塞车。"男人解释,"今天不如换一条路走吧。"

太太显然地对这个自作主张的部下不满,但不出声,心中想:"嘿嘿,要是另一条路也塞车,就要你好看!"

有那么巧就那么巧,其他人也聪明地转道,变成一条长龙。

"转头!昨天塞车,并不代表今天也塞车呀!"女人说,"要是你听我的话做,不是没事吗?"

"是,老婆大人。"男人只有乖乖地依着女人指定的方向走去。

当然,又是一条长龙,繁忙时间,哪有不塞车的道理。但是女人说:"这条龙比刚才那条短得多!"

"你看得出哪一条龙长,哪一条龙短,这可出奇了。"男人想讲,但忍了下来。

闲来无事,两者又无对话,男人打开收音机听新闻。

"每天都是波斯尼亚战争,乌干达难民,有什么好听?"女人伸手一按,录音带播出邓丽君的旧歌。

后面有辆的士一直在按喇叭。

女人转头,狠狠地瞪了的士司机一眼,大叫道:"响什么?赶着要去奔丧咩?"

"那些年轻人血气方刚,听到了什么事情都做得出的。"男人低声下气地。

"怕什么?"女的理直气壮,说完就要按钮卷下玻璃窗,伸头出去咒骂。

"别……别……"男人慌忙阻止。

好在的士司机已经不耐烦,越过双白线,扒头前去。

"跟着他走!跟着他走!"女人再次命令,"老在这里等着,什么时候才能赶到?"

"那是犯法的呀!警察抓到会抄牌的呀!"男人抗议。

"人家怎么不怕?"女的以轻视的目光看着男人,"要抓也是抓他去,你……你……"

男人在女人还没讲到"没种"这两个字之前,战战兢兢地把车驾出双白线,扒过别人的车子。

忽然迎面来了几辆车,喇叭声大作,男人即刻把车子闪到一边,险过剃头地避开，捏了一把冷汗。

打躬作揖地要求排长龙的司机让一让，才能将车子驾进去，但是他们不买账，一车跟一车地贴得紧紧的，绝对不腾出一点空间。

"冲呀！"女人斩钉截铁地命令。

男人即刻照做。

这次，迎面来的是一辆运货柜的大卡车，"砰"的一声巨响，撞个正着，奔驰的车头已扁，冒出浓烟。

女人的第一个反应不是看丈夫有没有受伤，她尖叫："要是你听我的话做，不就没事吗？"

货车中跳出两名彪形大汉，直往车子走来，男人心中叫苦："完了，这次完了！"

嗡嗡巨响，骑白色大型电单车的交通警及时赶到，男人好像得到救星，跳出车子，紧紧地把他抱住。

交通警大力地把男人一推，大喊："多告你一条同性侵犯罪！"

"救命！"男人哀求。

交通警慈悲心发，安慰道："别怕，有我在，那两个男人不会打你的。"

"我不是怕那两个大汉！"男的已经歇斯底里，"我怕的是坐在车里的那个女人！"

"你说什么？"太太下车狂吼冲前。

男的落荒而逃。

"喂!"交通警在他身后大叫,"你的奔驰车不要了吗?"

"车子!老婆!"男的边逃边喊,"都送给你!"

交通警欲跳上电单车追来,但给其他车辆阻着。男的跑了几条街,抬头一看,是结婚前的女朋友住的地方。

男人直奔进女朋友的怀抱:"快点收拾行李,我自由了,我们马上乘国泰机到欧洲去旅行!"

女的大喜,抱着他吻了又吻。正当男的觉得一生幸福由此开始的时候,女的说:"不如坐维珍航空吧。"

"为什么?我一向惯坐国泰的。"男的说。

女的回答:"听我的话做,没事。"

"咦?这句话在什么地方听过?"男人觉察后鸡皮疙瘩竖起,大喊,"不,不!"

冲出门,男人再跑几条街,跑回妈妈家里,直奔母亲的怀抱:"我再也受不了所有的女人。"

世上只有妈妈好。妈妈抱着哭泣的儿子,摸摸他的头:"老早就说那个女人不适合你的了。要是你听我的话做,不就没事吗?"

以迟到折磨男人，总会得到报复的

有时也很难怪男人忍受不了女人。

我一个朋友结婚二十五年，他和太太之间的个性，互相已摸得很清楚。

朋友是位很守时的人，凡有约会必提早抵达，从不迟到，但是和太太一起出门，他们很少准时赴约。

"这不是我的错，要怪怪她！"朋友想当众指责他的老婆，但是为了要给她面子，这句话还开不了口。

有两小时的准备，友人太太还是东摸摸西摸摸，他开始不安，向老婆说："快一点好不好？"

呀！太太大叫："你急些什么？"

被骂得多，他便一直忍，忍到差不多："再不出门便要迟到了。"

"这里去最多半小时，早去还不是要等？"太太说。丈夫看表，差十分，差五分，差一分，终于太太梳好头，穿好衣服，可以出发，丈夫捏了一把冷汗。

但是每一次都是一样的，锁门之前，太太必然忘记带皮包，忘记带礼物，忘记带化妆品，总有一两样东西记不起，永远出不了门。

时间又是一分钟一分钟地过去，丈夫的细胞死了又死。出门又遇到塞车，这时丈夫只希望少迟到一分钟是一分钟。

终于在全桌上只空着的两个空位上坐下，女的若无其事，男的已满脸通红。

"你明明知道我是最不喜欢迟到的，为什么这二十五年来，你要那么折磨我？"朋友想向他老婆咆哮，但只会向我诉苦："我怎能再忍受呢？我快疯了。"

我懒洋洋地安慰道："她再弄迟一次，你和情妇上床时，就少内疚一次，这是最好的复仇办法。"

友人听了大喜，结果疯不了。

有的孩子，不是爱的结晶，而是女人的证据

女人和男人做完爱后，在他耳边细语："大姨妈已经两个月没来了，我今天去看医生，他证实是有了。"

"什么？"男人本来想睡觉，即刻被吓得脸无人色，惊叫而醒。

"是你的。"女人断定。

男人心里想：你爱情技术高超，又不是一个终身关在修道院的圣女，这期间还有其他男朋友，怎么硬硬地指着我的头讲这种话？

但是，男人始终说不出口，只有嚅嚅地说："我……我每次都戴套子的呀！"

女人跳了起来："你这个没有良心的家伙，我爱的只有你一个人，孩子是不是你的，难道我不知道？"

这种理论根本没有什么科学证据！但这句话，男人又吞了下去。

已经到了一哭二闹三上吊的时候了，女人呜咽："当初，你向我说过什么话？你答应过照顾我一生的，你不要孩子我了解，但你怀疑我，我不如死给你看。"

我们男人想要的时候，当然什么事都答应你！男的再次内心独白。

女的看男的不出声，有点慌张了，男人的静默最可怕，不知道他心里想些什么坏主意，即刻先下手为强："好，我明天去拿掉。"

"三个多月，堕胎很危险的。"男的想起医生那块血淋淋的铁钳，心有不忍。这个女人，到底是他爱过一阵子的。

"我死了，你就不用烦恼。"女的说，"不过你不用担心，我决定把他生下来给你看看，一定长得和你一模一样！"

孩子出世，正如她所说，像男的。

但是，这个孩子根本不是人，当然也不是爱的结晶。是一个自私、固执、过于倔强的女人的一口气，也是一件证据，仅此而已。

男人怕回家，都是被逼的

已婚女人有一种特别的才能，那就是她们可以制造一千零一个理由让丈夫们怕回家。

首先，你会认不得这是自己的家，因为她们总喜欢把家具搬来搬去，到最后还是回到老地方。

当你已是筋疲力尽的时候，她们会喋喋不休，连邻居烧了什么菜都告诉你。最终目的，是她们会尽量地让你快乐，让你感到有了她们，你才快乐。

厨房里传来的油烟味永远是一样的，不是金宝罐头汤，就是"梅林"牌午餐肉。

睡房中，一个丈夫只能躲在棉被底下才能避开妻子的无聊猜疑：今晚不要来是不是和其他女人来得太多了？今晚为什么要来，是不是其他女人为你进了补？

有了婴儿更糟糕，他一生下来就知道自己的威力，要什么东西，他便大声尖叫。

他的母亲认为这是健康的现象，自己只管看电视，叫老公去搞掂他。婴儿一看老子是好欺负的便一次又一次地嘶叫，太太看丈夫这一点小事也做不好，比婴儿更大声地向丈夫嘶叫，最后丈夫生气了，又向太太嘶叫。

这时婴儿才大乐睡觉。

历史上的勇士，是视死如归。唉，这一班可怜的丈夫，怪不得，是视归如死。

男女之间，最不能协调的是管和被管

男女之间，最不能协调的是管和被管。有虐待狂和被虐待狂的另当别论。作为一个人，"自主"，是多么的重要！

天凉了，出门时对方为你披上一件毛衣，那是关怀，充满温暖，火气大了，煲一锅清凉汤，那是爱，甜在心头。但是，关怀和爱绝对不能超出界限。

"这双鞋子不好看，换双新的。"

老鞋子越穿越舒服，只有自己明白它的好处，又不是穿在你身上，为什么要换新的？

"多吃几粒维生素丸，不然会生病。"

挨也挨惯了，小小丸子，就有奇迹出现？

起初是关心，后来渐渐地变成管。管，是权力的表现，会上瘾的，结果什么都管。而且，人类很奇怪地常以自己的水准去管人家。知识上，对方会说：那么简单的数目，怎么算不出？体力上，以自己的强健或衰弱来影响：吃得太咸不好！或者，你为什么不多做一点运动？等等。

每一个人的身体构造不同，但是都有一个自然的刹车掣，不舒服了就不会再去做，用不着别人来提醒的。

心里再烦，被管的时候总是默然地点头，因为对方有一个最厉害的理由："都是为你好！"

应该知道想要和不想要的分寸

男人要买一样东西的时候，向老婆说："我想买……"

太太已经打断："不要。"

"我还没说完我要买什么东西。"男人抗议。

"不要。"女人说。

"为什么？"男人问。

"不要就是不要。"

"你怎么可以先下结论？你到底有什么理由说不要？"

"我们家里的东西已经够多了。"女人说，"搬起家来，多么头痛。"

"那么你整天买衣服，买鞋子，买皮包，买化妆品，就不必怕搬家时头痛了？"男人已忍不住，数将起来。

"哎呀！"女人尖叫，"我扮漂亮，也是给你面子呀，不然跟你出去，人家说你老婆一点也不会打扮，那无脸的是你还是我？"

"好了，不买就不买，说不过你。"男人想讲，但又怕带来一场夫妇吵架，就忍了下去。

"你想什么，说出来，别老是闷在那里。"女人不饶人地追迫。

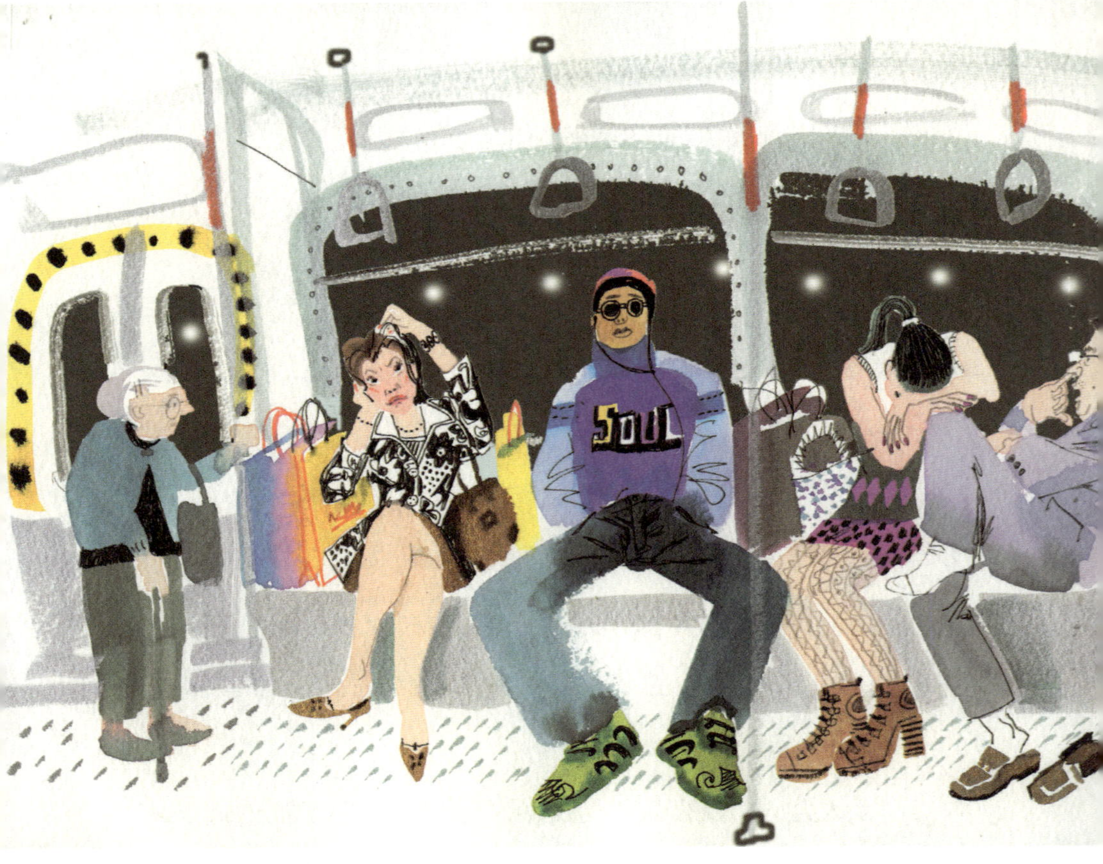
SOUL

男的知道要逃也逃不掉，唯有弄个陷阱，让女人掉进去。

"我要买的东西你不会反对的。"

"不管什么，不买就不买。"女的坚决。

"我要买颗钻石！"男人要等女人反对。

"钻石？"东西没看到，女人的眼睛先发亮。

"唔。我错怪了你。"女人依偎过来，鬼头鬼脑地做出"今晚来一下"的表情。

"给妈妈当生日礼物。"男人痛快地说。

女人跳了起来："不！"

"为什么？搬家会有麻烦？"男人讽刺。

"她年纪那么大了，还学人家戴什么钻石，别人看到还以为她是暴发户呢！"女人总是有理由反驳，"不能买！"

"但是，"男人作委屈状，"东西已经订好，还付了钱。不可以不要。"

"我不管你用什么办法，一定要把它退了。"女人狂吼，绝不留情。

"我想……我想……"男人口吃。

"你想什么？什么都不可以！"女人已接近疯狂。

"我想转送给你！"

"啊！"女人又要做拥抱状，男人避开。

男人为了争这口气，结果作茧自缚，本来想买别的东西，现在惹上身，非买钻石不可。

去过珠宝店后，男人到二奶家。

二奶看到那颗一克拉的钻石，高兴死了，马上脱光衣服来个三百回合。

事后，男人说："我想买……"

"好呀，你要买什么，我陪你去。"二奶不问男人要买什么，兴奋地回答。

"我想买的东西又大又笨重，你不会嫌搬家时麻烦吗？"

"搬家又不用我自己动手。'人人'搬屋，天天在电视上看到广告。"二奶说，"要是怕他们粗手粗脚，可以叫那些专门替人家办移民搬运的外国公司，他们连抽屉里的东西都替你包好，方便得很，付多点钱就是。"

"唔，这才像话。"男人说。

两人拍拖，经过置地广场。

"我们到里面去替你买件衣服。"男人说。

"我和你在一起，还用穿衣服？"二奶笑着说。

男人也笑了，但感内疚，心想下次给家用，应该给多一点，让她自己去挑选好了。

车子从上环直往西环，男人带了二奶穿过大街小巷，到达一间古老的杂货店。

店主从后面搬出一个大石磨，放进车后厢。男人顺道在菜市场买了些东西，驾车回二奶家。

男人把石磨洗得干干净净，整个石磨有洗脸盆那么大，磨口有个小洞，另有一支木柄，又原始又可爱。

二奶帮手把洗好的糯米放入磨口,加水,男人细心旋转手柄,磨出米浆,用筛布袋装着,拆出石磨压着,等水干后,搓成米团,再取一小块,压扁,用来包韭菜粿。

这些都是男人儿时的回忆,他记得奶妈做的韭菜粿,天下第一。外面买来的,单是粿皮已不像样,非得亲手制造不可。他最原先的要求,就是要买这个石磨。在自己家里,主要的工具石磨已被否决,何况做什么鸟粿呢?

韭菜粿做成,热腾腾、香喷喷地蒸熟后,男人大嚼二十四个。二奶笑盈盈地把剩下的数十个拿去送给邻居,大家兴高采烈。

男人觉得这一天过得很充实。

晚上回家,男人由口袋中掏出首饰盒,交给太太。

女人一打开,是一粒零点一克拉的钻石,大失所望,咒骂数十分钟。

男人没有听进脑,卧床,欲进梦乡。临睡前,想着下次要买的是什么玩具。

永远纠缠不清,那是女人的天性

女人常在做完爱后问男的:"你是不是把我当成泄欲工具?"

男人啼笑皆非,心想回答:"是的。你不是自己也泄了吗?"

"不。我喜欢你才和你做这件事的。"男人为了逃避,只有撒谎。

"只是喜欢?"女的追问。

男人更尴尬,忙摇头:"爱。"

女的满足了,男的松一口气,即刻穿衣服。

"你每次做完了就赶着要走,那不是当我是泄欲工具是什么?"女的不放过男的。

"天!"男人只好放下领带,再抱女的一下。

在她的背后,男的偷偷看表。但略为一动,即被察觉,女的生气:"走就走吧,不必那么假。"

男的并不驳嘴,他一味想着:"下次戴表的时候,一定要把表翻到腕背,偷看时才不会穿帮。"

今后,男的扮成很忙很忙,等到幽会的时候,忽然男人并不和女的做爱。

"你再也不喜欢我了？"女的诧异。

"不，不。我根本没有时间。"男的回答。

"那么匆忙？"

"能够看看你，和你聊两句，已经满足。"

女的送上吻，心想："他真好。绝对不是把我当成泄欲工具。"

下次幽会，还是说成很忙很忙。做完爱后，女的帮男的穿上西装："你快点走吧，不然赶不及开会的。"

智能，是从失败中获取的。

男人并非没良心，他对这个女的的确存有爱意。好男人到了中年，还没结婚的话，不是个性孤僻就是搞同性恋。未婚的男人当然可以陪女的到天亮，怀疑是否为泄欲工具的问题就不存在了。要是男的不认为这个女人值得去爱，也不会硬着头皮玩这个危险的游戏。双方都是思想成熟的人，大家都知道自己在做些什么。

大家尽情地享受，松弛一下神经，对身心都有帮助，是减少压力的最佳办法。快快乐乐多好，千万别再发问："你是不是把我当成泄欲工具？"

女人想想，这话也对，就换另一个问题："你认为我是不是很胖？"

"不，不，我就是喜欢你的身材。"男的回答。

女的又生气了："你永远不说真话！"

男的支吾："也……也许，不穿白……白色的，换条黑袜裤，可……可能腿看起来更瘦一点！"

"哇！你骂我是肥婆！"女的大哭出来。

男人再也不敢开口，瞪着眼，望着前面的空间发呆。

"你到底在想些什么？"女的不饶人。

男人在这个时候也许想的只是一碗云吞面。或者，他在想，南非队对澳大利亚队，哪一队打赢？

如果把真话告诉了女人，她们一定轻视这男人。

"我这么好，我这么漂亮，为什么你想的不是我呢？"女人心中悲愤。

男人和女人根本就不是相同的动物。

女人喜欢不作声，作愈想愈生气状，她们假设继续生气下去，男人便会来安慰她，问她说："你到底在想些什么？"

这时，她可以把胸中的话完全地倾诉，消掉这心头的大石。所以，女人以为男人也是同样的，便顺其自然地："你到底在想些什么？"

要是你，你敢说你在想一碗云吞面吗？

男人的眼睛转了又转，他准备回答："好。你要我说我在想你，好吧，就说吧。但是，慢点，她太了解我了，我这么一说，她一定知道我在骗她……"

结果，男的什么都说不出。吻额、吻颈、吻肩、吻乳房，和对方又来一次，总比说什么话都好。

完事，抽根烟，快活似神仙。这时，女人又问："我们在一起，你是不是觉得幸福？"

毛孔即刻发胀，全身瘫痪。

"幸福"这两个字听起来像"死亡"。

男人对这些问题是永远回答不出的,他们不知道女人问这问题的目的在哪里。

跟着,女人问:"你对我是不是当真的?"

男人想回答:"当然啰,不然我怎会和你在一起?"

女人即刻反应:"你和我在一起,不过把我当成泄欲工具!"

永远的纠缠不清,那是女人的天性。做爱之前什么都好,做完后什么都觉得烦,这是男人的天性。

互相了解,无往不利。

太多浪漫都经不起结婚的考验

男女一旦共享一个洗手间,蜜月期便过去了。

说也奇怪,一个喜欢乱丢东西的,一定娶到,或者嫁给一个有洁癖的。

起初默默地为对方收拾,演变成:"请你别那么把底衫底裤随便放好不好?"再下来是:"喂!你再那么脏,不是你走就是我走!"

愤怒来自微小的看不过眼:牙膏盖上,或不盖上;厕板翻上,或不翻上;窗口打开,或不打开。

忽然间发现厕纸那么快就用完了。用完为什么不换新的?为什么每一次都在上到一半时才发觉是用完的呢?最后神经质到一定要捧着一卷后备的才敢如厕。

浴缸中为什么有黑黑的那么一圈?任何牌子的洗洁精都擦不掉。唯一办法,是用磨砂纸。

排水口永远有无尽的毛发。那么年轻就开始秃头?有些是鬈曲的,难道是秃那个地方?

造成男女离婚的还有数不完的原因,但是,这大多是男人不好。你们高兴了吧?

为什么错事都是男人做的呢?理由很简单,女人在幻想她们本来的丈夫,一定是这样的：

一、他一定有钱，至少"有点"钱。哇，就说他是经济上稳定吧。

二、他一定会记得我的生日的。那一天，他会送花，送巧克力，或者，最好是送一辆奔驰。

三、永远不会和我吵架，要是我情绪不安，他会安慰我，同情我，了解我。

四、一天打几个电话来，说的都是"我爱你"。

五、他能烧菜、做家务，不必花钱请菲律宾家政助理。

六、每个星期天请我一家人饮茶。

七、带我到名牌店，送我一张没有限额的金卡。

八、我可以偷偷地告诉我的好朋友，说他昨天晚上弄得我要死要活。啪的一声，幻想破灭，一结婚完全不是那么一回事。

男人有天回来，告诉你："公司人事太过复杂，那些拿了鸡毛当令箭的小人，怎么值得和他们斗？"

从此，男人就一直待在家里看电视，什么事都不做，连床上的也包括在里面。

当你从办公室回家后，男人会滔滔不绝地把《教父》的剧情讲给你听。这还不算，他要你陪他一起看《欢乐今宵》。你无奈地坐在他的身边，忽然，你听到一阵鼻鼾，他已在沙发上睡去。

有一天，他会告诉你，他戒了烟，酒也不喝了。这也好，省一点家用。在他失业的时期，总不能什么费用都由你负担吧。

但是酒虽然不喝，代之的是Perrier或Evian矿泉水，又买了一大堆的健康食品，开始叫你Keep Fit。

连他学气功的学费也要你代他垫一垫。什么外丹功、内丹功，闭着双眼，手脚震动，跳得像一只猴子。

再下去，男人会向你说一番大道理，什么人生如梦，听起来熟口熟面，会不会是抄许冠杰的歌词？

回家闻到一阵异味，男人烧起香来，说是信了什么新兴宗教，晚上和你吃斋去。

最糟糕的是：他在斋铺中认识了一个新朋友，你晚上回家总看不到人影。电话响，他打来的，有一千零一个理由说他为什么不能回来。

事有蹊跷，但是没有想到是那么严重。

你哭得眼肿，和八婆朋友们商量，她们像粤语片中一样，组织起来，和你一起去打那个吃斋的狐狸精！冲上他们的爱巢，捉奸在床，唉呀呀！抓到的是另一个男人。

没有比这种事受到更大的耻辱，你决定离婚。

照照镜子，你发觉自己已经不是那么年轻。

天下男人都死光了吗？有勇气去找，还怕找不到？既然再找，就找一个年轻的。

时代不同，从前老妻少夫给人家当笑话，现代人哪有这种观念？尤其是好莱坞有那么多的例子，只要你够脾，就找一个吧。

最好是卖生力啤酒广告的那些大只佬，反正没有人相信你和他们拍拖是看中他的IQ。

但是，总有一天，大只佬会向你说：我终于遇到一个真正了解我的女子。

年轻的不行，找个年纪比你大的吧。他们衣着讲究，出入高级餐厅，身家大把，懂得生活情趣，处处小节都注意到。你会大喊：为什么我浪费了那么多时间，为什么我不一早就嫁这种人？

但是奇怪得很，这种人为什么到现在还没有老婆？当然他们有一定的怪癖，哎呀，不好了，又是一个基佬！

想到这里，女人一身冷汗，望一眼身边看《欢乐今宵》看到一半睡去的丑男人，抚摸一下他的面孔，好在一切还没有发生，这世界是多么的美好。

娶个有钱老婆和没钱老婆，其实没分别

年轻的友人又问我关于娶个有钱老婆的意见。

我不知道，我从来没有娶过有钱老婆。不过，我的忠告是一旦结婚，必得屈服，不管你老婆有没有钱。

男人一结婚便失去了他原有的一切，包括他的自尊心，因为女人会把他当成财产的一部分。

女人始终要管理男人的，这不是她们的错。而是她们天生下来的本性。试看一切的家庭，最后大多数是女人变为一家之主。天真的少女，年纪一大，就是慈禧太后。男人总是投降，因为他们已经疲倦，他们不想再吵，接受，是最聪明的办法。你有没有看到撒切尔夫人的丈夫，跟在他老婆后面像个跟班，他才是一个真正懂得如何做男人的人。

时代已变，男人开始要学会做"家庭主公"，虽然家里有一个菲律宾工人，但是女人的命令还是要听的。做这个做那个。女人喜欢把自己的丈夫当成小孩子，当成白痴：穿这件衣服，打这条领带。一切都是关心你嘛，她说。

你问我娶一个有钱老婆和一个没钱老婆的分别，其实没分别，有没有钱，到最后她们还是"Boss"。唯一不同的，是离婚的时候你没有好处，她会花更多的钱请一个律师打赢官司。

因为疲倦和好奇而结婚，结果都失望

年轻友人要结婚，问我意见。

忠告总是王尔德的一句老话："男人结婚是因为他们疲倦了，女人结婚是因为她们好奇。结果两者都失望。"

但是，婚总要结的，它好像是做人定例，它好像是必经的过程。人类对得不到的东西有一种着迷的狂恋，虽然知道要失败，还是把头伸出去待斩。独身男女向往家庭生活，正在婚姻中的人，多希望生活能自由自在。

结婚是恋爱的坟墓，古人说。这句话请你不用去相信。时间，才是恋爱的坟墓，多灿烂的东西，始终要归于平淡的，始终要变成单调的，所以，不能怪结婚。

做好心理准备后去结婚，总比盲目地钻进去好。所以我必须将婚姻的一切坏事先告诉你：你再也不能随心所欲地做一件事，你不能整晚开收音机睡觉；冷天你不能开冷气。因为你的伴侣并不一定有同样的习惯，所有的事情，不再是折中又折中，而是完全的投降。结婚，在开始的阶段和终结的收场都是美好的，只是在中间的过程最难忍受。别以为十八层地狱是痛苦的，比起结婚，十八层地狱变成迪士尼乐园。但是我还是赞成结婚，要是一个人可以娶几个老婆的话。

怎样处理婆媳关系才幸福

洋人最讨厌的人物,就是老婆的妈妈,不知为何,关系永远搞不好。

冷讽热骂,写丈母娘的笑话书,一册册出版,最典型的一个,是岳母被狗咬死,出殡时一条长龙,以为都是前来凭吊,原来大家问的,是你那条狗在何处买来。

我们的情形不同,岳母看女婿,愈看愈可爱,可能是东方男人滑头,懂得怎么去讨好妻子的老母吧。

共同点是大家都对媳妇不好。我们的情形更坏,没有一个母亲喜欢把儿子抢走的女人,婆媳间关系的恶化,是最令我们头痛的事,争吵起来,男人像猪八戒照镜子,两面都不是人。

除非那个女的是个奴隶,任劳任怨,不然起初还好,后来就愈看愈不顺眼,非把她们的缺点放在显微镜下不可。

但当这个女人受尽辱骂之后,自己当了婆婆,也会去欺负儿子的老婆,是怎样的一个心态,做男人的永远搞不清楚。

也许是那种原始的占有本能吧,女人一嫁了,就要把男人当成自己的物业,不给他人一点空间,朋友如是,妈妈如是,不能完全怪家婆不好。

分开来住,问题可以得到暂时的解决,但到了过时过节,总是唠唠叨叨,媳妇说：不去吃团年饭行不行？母亲说：把那个讨厌的女人带来了，可以早一点走就早一点走吧。

自己女儿还是自己女儿，嫁了出去，多了一个儿子，是一般东方女人的心态，反过来，儿子娶来的，是多了一个女儿吗？怎么相同？那种不要脸的，我怎么生得出？

今天散步，遇九龙城的三姐妹，当年她们全城至美，当今也各自养儿育女了。

三妹也娶了媳妇，问她关系好吗？

"好到极点，我当媳妇是我女儿，女儿当成媳妇，那不就行吗？"三妹幸福地笑着说。

或者，这是唯一的办法吧。

附

师太

亦舒用衣莎贝的笔名,在《明报周刊》这一写,也写了三十多年了吧。当然,她的小说更早了。

最初见到她时,是一个愤世嫉俗的少女,有点像《花生漫画》中的露西,一生起气来随时让你享受老拳那种人物,是非常非常可爱的。

我们两人认识半个世纪以上,但老死不相往来(其实她对任何人都一样,包括她的哥哥),她的消息,我也只借这本周刊得知一二,这是我唯一知她近况的渠道。

当今,她在内地拥有无数的读者,恭敬她的人,称她为师太。的确,在写爱情小说,她足够资格当师太级的人物,虽然这个名称令人想起金庸先生的灭绝师太,有点可怕。

在最近这篇散文中,她提稿酬事,我相信也有很多读者想知道的,亦舒说听到小朋友提议:"书是我写的,读者因我名买书,为何只分到百分之十的版权费?"

她跟着解释:书本印出来,需先排字、纸张、印刷、装订,这些,都不便宜,出版社还要设计封面、校对、付宣传费等。她忘提的是,那广大的发行网,作者要是自己拿到书店卖的话,车马费都不够。

喜欢看书的人，尤其是思春期中的少女，都梦想自己开一家书店，种满了花，有咖啡、有茶，招待客人，只卖自己喜欢的书。

更高的理想，就是成为一名作者了，口讲不出，内心里也偷偷幻想。男读者的话，当金庸、倪匡；女作家呀，当然是亦舒了，自以为写的是严肃文学，就要当杨绛，还要嫁给一个名气更响的丈夫。

大家都当作家，大家都想书一出版，就是好几百万本，向罗琳看齐。

嘣的一声气球破了，回到现实，连自己印刷的几百本也卖不出去。奇迹不是没有的，但少之又少，当今的网络作家，就是奇迹。

那到底要卖多少本才是畅销作家呢？内地的市场那么大，几百万本不行，几十万总卖得出去吧？别做梦了，市场是大的，读者是多的，就是不买书罢了，大家上网看去，实体书能够印得上十万册，万岁万万岁！

五六万本已是厉害得很，内地市场，有些书还没一个弹丸之地的香港卖得多。他们有的是读者，但他们的发行做得相当的落后，除了几个大城市，卖书的地方不多，乡下根本没有书店生存，数量非常有限，以写作为生，靠卖书发财，都属奇迹。

亦舒的小说在内地，销路和香港一样稳定，每天勤力地写，出版社照样出书，在《明报周刊》，数十年不断地刊登她的长篇小说。

几个月便能聚集出版一本书，根据出版的资料，亦舒在"天地图书"一共出版了三百一十本书，小说有二百六十一本，其中长篇小说占大部分，短篇及中篇小说共七十九本，散文集四十四本，散文精选集五本。

最新作品叫《森莎拉》《珍珑》和《这是战争》《去年今日此门》。《写作这回事》这本散文集让读者了解她写作的心得和经验，是一本非常难得的书，如果对写作有兴趣，又想当作家的话，一定要买本看。

负责编辑的是吴惠芬，当刘文良先生在世时我常上他的办公室，外面坐的就是这位小姑娘，当今她已是"天地图书"的要员之一了，编辑亦舒的书，少不了她，贡献巨大。

除了《写作这回事》，吴惠芬还编辑了几本谈及亦舒逸事的书。《无暇失恋》谈爱情与两性关系，《红到几时》谈工作和事业。《我哥》围绕倪匡兄的趣事，以及《红楼梦里人》专写亦舒阅读《红楼梦》的心得和见解，研究红学的人非珍藏不可。还有一本新的未出版，讲亦舒的喜好，另一本有关她的人生经历的，会继续推出。

在二〇一七年，国内电视剧《我的前半生》改编自亦舒的经典作品，再次成为众人的热议，接下来可以改编的还有很多很多，像一个挖不完的宝藏。

亦舒小说从不过时，三百多本中没有一册是重复的，连她哥哥也惊叹道："我的科幻天马行空，什么题材都可以写，有取之不尽的泉源。我妹妹的，写来写去，不过是A君爱B君，B君又去爱C君去，那么简单的关系，一写就可以写成三百多本书，叫我写，我写不出！"

日前因为写这篇稿需要一些数据，和吴惠芬联络，她问及当年在《东方日报》的专栏版"龙门阵"中，有一个叫《一题两写》的专栏，由亦舒和我每日在左右写一篇同题材的，而出题由谁负责。

这是多年前的事了，是谁出题我自己也忘了，依稀记得是当时的老总兼编辑周不先生提的，其中有一篇吴惠芬印象极深，是《何妈妈》，亦舒和我都住过邵氏公司的宿舍，也得过何莉莉的妈妈照顾，我们两人各自发表对她的观点，令读者留下深刻印象，可惜内容已找不回了，要聚集出书，是不可能的了。

时常想念这位老友，今天东凑西凑，写成这篇东西，当成问候。

给亦舒的信（一）

亦舒：

查先生离去不久，又有一个好朋友走了。本来，我会将一些好玩的事写在一个叫《一趣也》的专栏，但死人嘛，怎么"趣"呢？我一向是一个只把人生美好告诉读者的写作人，和你又无所不谈，所以还是把这些带有点悲哀的往事写信给你吧。

记得以前我们都住在邵氏宿舍时，到了深夜还在喝酒，我曾经把我留学日本时认识的一个叫久美子的女人的事讲给你听过。这位久美子，也在最近去世，她比我大八岁，屈指一算，也有八十六了。

消息是新加坡友人黄森传来的，他们都住巴黎，一向有联络。最后一次见久美子，也是黄森带我去的，是去年的事。当他说起久美子已被她女儿送进老人院，我感到无际的伤痛和愤怒。老母亲，说什么也应该住在家里的，一讲到老人院，我脑子即刻出现电影中的兽笼和虐待。

就那么巧，我因公事到了意大利，也就去巴黎打一个转。老人院就在巴黎郊外，我们包了一辆车子，带着花店最大的一束花。

原来法国的老人院没那么恐怖，有点像教堂后面修道女的宿舍。依着房号找到了她。啊，久美子整个人是白色的，脸苍白，头发白，只有那两颗大眼睛还是乌黑明亮，瞪着我，一脸疑惑，她已是老人痴呆，已认不出是我，但是不停地望着，带着微笑，一直问自己，这个男人是谁？

倪匡兄说过，即使会紧握着对方的手，也不表示认得出是你，那是自然的反应，像婴儿，你伸出手，她便会紧紧地握着。

到了探望期限，不得不放开她。

原来久美子的女儿知道妈妈已不能一个人生活，又没有办法放下自己的工作照顾，才下此策的，我也只能说我理解，但心中还是对他们有点怨恨。

在留学期间，我半工半读，一面学电影，一面为邵氏公司买日本片的版权在东南亚放映，当年日本几间大电影公司都在银座，我们的办事处也设在离不远的东京车站八重洲口，步行还可以到达的有一个叫京桥的车站，再过几步路，就是"东京近代美术馆"，三楼有个电影院，日本和法国的文化交流节目中，有互相将自己的一百部经典轮流上映的，法国片放完后就是日本名作，那是我们电影爱好者不能失去的机会。

我买了整个节目的门票，学校也不去了，差不多每一天都流连在美术馆中，时常遇到的，是一个长发女郎，中间分界，天气冷时常穿着一件绿色大衣，身材很高，腿也不粗，小腿粗的日本女人一向让我倒胃，不管面貌有多美，我都会远避。

也不知道哪里来的勇气，我终于主动开口，接着的事很自然地发生在年轻男女身上，饮茶、吃饭、喝酒、身体接触。

当我听到她比我大八岁时，我也不是太过惊讶，当年和我年纪相若的女子我都会觉得她们思想幼稚，我不记得自己喜欢过比我年轻的女孩子。

久美子出现在美术馆看戏，和她的工作有关，当年她在一家叫"UniFrance"的公司做事，是家发行及推广法国电影的组织，办公室也在银座，我时常去玩，从他们的八楼，可以望到隔壁的圆形建筑，叫"日剧剧场"，专门表演脱衣舞，满足乡下来的日本人和外国游客的好奇心，我时常开玩笑地说有个窗子能望到舞娘们的化妆室就好了。

在她的公司的人，后来谈起来，都是有关联的人，有一个叫柴田骏的，后来娶了东和公司老板川喜多的女儿，我们一伙经常喝酒聊天至深夜。

来她公司玩的还有一位法国纪录片导演克里斯·马克（Chris Marker），为法国新浪潮电影中一个主要的人物，作品《堤》（*La Jetée*），一九六二影响了众多电影人，连美国科幻电影《十二只猴子》（*12 Monkeys*），一九九五也从此片得到灵感，大量地借用了片中许多元素。

克里斯·马克一见到久美子，惊为天人，非为她拍一部纪录片不可，结果就是《神秘的久美子》（*Le Mystère Koumiko*），一九六五，各位有兴趣，也许能在YouTube找到。

一天，久美子忽然向我说要到她一生向往的法国去了，我当然祝福她，并支持她。我送她到横滨码头，她上了船到西伯利亚，乘火车到莫斯科，再飞巴黎。记得当年送船，还抛出银带，一圈圈地结成一张网，互相道别。

这么一走就像一世纪，她在巴黎遇到一个越南和法国的混血男人，结了婚，生了一对孪生女儿，后来丈夫离她而去，剩下她一个人把两个女儿抚养长大，靠着那单薄的出版诗集稿酬，住在St. Germain区，对着坟场，写她的诗，不断地写。

诗中经常怀念着哈尔滨——她出生长大的地方，后来也回去过，写了一本关于哈尔滨的书，她似乎对这个寒冷的地方有很深厚的感情。今年秋，当友人们说要去查干湖，会经过哈尔滨，我即刻跟着去了，半路摔断了腿，我撑着拐杖，去哈尔滨的地标俄国教堂的前面，拍了一张照片，我希望下次再去巴黎看她时，让久美子看一看这张照片，唤起她的记忆，也许到时久美子会认得出是我。

迟了，一切都迟了。

再谈。

蔡澜

给亦舒的信（二）

亦舒：

多年前，当查先生因心脏重病入院，你在远方关怀，来信问我一切时，我将过程像写武侠小说般，记下查先生与病魔大打三百回合报告给你听。这次心情沉重，多方传媒要我写一些或说几句，我都回绝了，不过在这里我把这几天的事写信给你，当成你也在查先生身边。

查先生已在养和医院住了两个月，两年来已进出多次，家人对他即将离开做好了心理准备，到底是九十四岁了，要发生的事，在中国人说来，已是笑丧。

二〇一八年十月三十日那天，查传倜来电，说爸爸已快不行了，赶到养和病房，见查先生安详离去。这段时间最辛苦的是查太，她对查先生寸步不离，好友们劝她旅行当然不肯，连去澳门半天也放不下心。查先生这么一走，遗下的一切都由她坚强打理，我们作为朋友的，一点也帮不上忙。

十一月六日在山光道的东莲觉苑替查先生做头七，去了才知道跑马地还有那么一间古老和庄严的建筑，是何东夫人张莲觉在一九三五年建立，已被指定为香港法定一级历史建筑，寺中有胡汉民和张学良写的对联。仪式由法师们主持念经，各人分派一本厚厚的经书，原来要从头念到尾，这一念，就是几个小时，我不知死活，穿得单薄，冷得个要命，家属们一直守灵，我最后由张敏仪陪同下早退。敏仪这些日子都在香港，所有仪式都出席，很够朋友。

再得查太电话，说要我写横额，我当然不会推辞。怎么写，要我和主办花卉事务的国际插花艺术学校校长黄源喜联络，黄先生说用日本纸，我一听就知道他指的是日本月宫殿，是我最讨厌的白纸了，但已不是争辩是否用宣纸的时候，照听就是，写些什么？用倪匡兄想出来的"一览众生"。

很多人不明白，倪匡兄也写了一张字条给查太，解释这是查先生看通看透了人间众生相，才有此伟大著作。

旁边的一副对联，是从查府拿到灵堂来的那对"飞雪连天射白鹿，笑书神侠倚碧鸳"当成挽联。灵堂放满何止万朵的白花，按查太要求，以查先生最爱的铃兰花为布置的主花。铃兰花英文为"谷中百合"（Lily Of The Valley），又有"圣母之泪"（Lady Tears）和"天堂梯阶"（Ladder To Heaven）之名。黄源喜说此花甚少在丧礼上使用，当今也非当造季节，那么多花，找来不易，我在进口处还看到开得很大朵很难得的荷兰牡丹，漂亮之极。据黄源喜说，这回查先生的丧礼，是五十年来最美丽和做得最艰难的一次。

花是另一回事，难得的是排到出大街的花牌，是空前绝后的。马云不但在守灵及出殡来了两次，送上的"一人江湖，江湖一人"对子，很有意思。

我在头七时已得教训，穿多几件衣服，哪知还是那么冷，隔日送殡更冷，可能是我坐的地方对着冷气的关系，或者是因为死人，非冷不可，九十岁的名伶白雪仙也在灵堂上冒着寒冷坐得甚久才离去，看到家属们一直不停地守着，更知不易。

最反对的是中国人的葬礼中，亲友们前来拜祭，上前一鞠躬二鞠躬三鞠躬之后，家属还要谢礼，来的人有时三五，有时一人，每次都要站立还礼，至亲好友另当则论，阿猫阿狗也要还礼一番，甚是多余，建议今后在来宾签名处设一管理，集齐六人以上才上前拜祭一次，不必让家属那么辛苦，我也是过来人，我知道。

朋友们来送查先生，都只是三鞠躬，俞琤最为有心，她行的是伏身跪拜之礼。来时一次，走时再跪地一次。

默默然坐在一角，没人理会的是刘培基，他本来长住曼谷，我问怎么回来的，他说那边住得虽然舒服，但是医生还是香港的好，年纪大了应该回来住，他现年已有六十七岁了，在四十岁生日时，查先生曾经写过诗送他，他也一直以查哥哥称呼查先生。刘培基向记者说过，一生人没什么遗憾，只遗憾走的好朋友太多，家里都是他们的遗照。

葬礼上有纪念册送给亲友，册上最后一页，记载了《神雕侠侣》中的一句话："今番良晤，豪兴不浅，他日江湖相逢，再当杯酒言欢。咱们就此别过。"

十一月十三日那天，一众亲友从殡仪馆出来，分车到大屿山宝莲禅寺海会灵塔火葬，称为"荼毗大典"。与一般电子点火油渣燃烧的不同，这里用的是柴火，整个过程要花八小时才能完成，中途更要加柴助燃，事后由高僧收集骨灰和舍利子。

燃烧时发出浓烟，我们各得檀香木一块，排队走过火葬炉，把檀木扔进洞中。张敏仪因眼疾，要不断滴眼药水，这次也不顾烟熏痛楚，将整个礼仪行完。

再坐两小时的车，经弯弯曲曲的路，从大屿山回到市区，查太在香格里拉设五桌解秽酒，宴请宾客。其中有一洋人朋友，问我是否吃斋，我回答丧礼后，需吃鱼吃肉，没有禁忌了。洋人又问这是为什么，我说什么叫世俗？人家做什么，我们就跟着做什么，这就叫世俗。

再谈。

蔡澜

倪匡跋
以"真"为生命真谛，只求心中真喜欢

不拘一格降人才

要用文字素描一个人，当然要先写下他的名字：

蔡澜。

然后，当然是要表明他的身份。

对一般人来说，这很容易，大不了，十余个字，也就够了。可是对蔡澜，却很费功夫。而且还要用到标点符号之中的括号和省略号，括号内是与之相关，但又必须分开来说的身份，于是在蔡澜的名下，就有了这些：

作家，电影制片家（监制、导演、编剧、策划、影评人、电影史料家），美食家（食评家、食肆主人、食物饮料创造人），旅行家（创意旅行社主持、领队），书法家，画家，篆刻家，鉴赏家（一切艺术品民间艺术品推广人、民间艺术家发掘人），电视节目主持人，好朋友（很多人的好朋友）……还有许多，真的不能尽述。

这许多身份，都实实在在，绝非虚衔，每一个身份，都有大量事实支持，下文会择要述之。

在写下了那么多身份之后，不禁喟叹：人怎么可以有这样多方面的才能？若是先写下了那些身份，倒过来，要找一个人去配合那些身份，能找到谁？

认识的人不算少，奇才异能之士很多，但如能配得上这许多身份的，还是只有他：蔡澜！

蔡澜，一九四一年八月十八日生于新加坡（巧之极矣，执笔之日，就是八月十八日，蔡澜，生日快乐），这一年，这一天，天公抖擞，真是应了诗人所求，不拘一格，降下人才。

人才易得，这许多身份不只是名衔，还有内容，这也可以说不难，难得的是，他这人，有一种罕见的气质，或者说气度。那些身份，或许都可以通过努力获得，但气度是与生俱来的，是天生的，他的这种气质、气度，表现在他"好朋友"这身份上。

桃花潭水深千尺

好朋友不稀奇，谁都有好朋友，俗言道：曹操也有知心人。不过请留意，蔡澜的"好朋友"项下有括号：很多人的好朋友。

要成为"很多人的好朋友"，这就难了。与他相知逾四十年，从未在任何场合听任何人说过他坏话的，凭什么能做到这一点？

凭的，就是他天生的气质，真诚交友的侠气。真心，能交到好朋友，那是必然的事。

以真诚待人，人未必以真诚回报，诚然，蔡澜一生之中，吃所谓"朋友"的亏不少，他从来不提，人家也知道。更妙的是，给他亏吃的人士知道占了他的便宜，自知不是，对他衷心佩服。

许多朋友，他都不是刻意结交来的，却成为意气相投的好友，友情深厚的，岂止深千尺！他本身有这样的程度，所交的朋友，自然程度也不会相去太远。

这里所谓"程度"，并不是指才能、地位，而是指"意气"，意气相投，哪怕你是贩夫走卒，一样是朋友，意气不投；哪怕你是高官富商，一样不屑一顾，这是交友的最高原则。

这种原则也不必刻意，蔡澜最可爱的气质之一，就是不刻意地君子。有顺其自然的潇洒，有不着一字的风流，所以一遇上了可交之友，自然而然友情长久，合乎君子交游的原则，从古至今，凡有这样气质者，必不会将利害得失放在交友准则上，交友必广，必然人人称道。把蔡澜朋友多这一点，列为第一值得素描点，是由于这一点是性格天生使然，怎么都学不来——当然，正是由于看到他的许多创意，成为许多人模仿的目标，所以有感而发。

蔡澜的创意无穷，值得大书特书。

千金散尽还复来

蔡澜对花钱的态度，是若用钱能买到快乐，不惜代价去买；若用钱能买到舒适，不惜代价去买……这样的态度，自然"花钱如流水"，钱不会从天上掉下来，也自然要设法赚钱。

他绝对是一个文人，很有古风的文人。从他身上，可以清楚感到古人的影子，尤其像魏晋的文人，不拘小节，潇洒自在。可是他又很有经营事业的才能，更善于在生活的玩乐吃喝之中发现商机，成就一番事业，且为他人竞相模仿。

喜欢喝茶，特别是普洱，极浓，不知者以为他在喝墨水，他也笑说"肚里没墨水，所以喝墨水"，结果是出现了经他特别配方的"抱抱茶"，十余年风行不衰。

喜欢旅行，足迹遍天下，喜欢美食，遍尝各式美味，把两者结合，首创美食旅行团。在这之前，旅行团对于参加者在旅行期间的饮食并不重视，食物大都简陋。蔡澜的美食旅行一出，当然大受欢迎，又照例成为模仿对象。参加过蔡澜美食旅行团的团友，组成"蔡澜之友"，数以千计，有参加数十次以上者。这种开风气之先的创举，用一句成语——不胜枚举，各地冠以他名字的"美食坊"可以证明。

这些事业，再加上日日不辍的写作，当然有相当丰厚的收入，可是看他那种大手大脚的用钱方式，也不禁替他捏一把汗。当然，十分多余，数十年来，只见他愈花愈有。数年前，遭人欺骗，损失巨大（八位数字），吸一口气，不到三年，损失的就回来了，主宰金钱，不被金钱主宰，快意人生，不亦乐乎。

真正了解快乐且能创造快乐、享受快乐，当年有腰悬长剑、昂首阔步于长安道路的，如今有背着僧袋、悠然闲步在香港街头的，两者之间，或许大有共通之处？

众里寻他千百度

对人生目的的追寻，可以分为刻意和不刻意两种，众里寻他，也可以理解为对理想的追寻。

表面上的行为活动，是表面行为，内心对人生意义的探讨，对人生理想的追求，则属于内涵。

虽说有诸内而形诸外，但很多时候，不容易从外在行为窥视内心世界。尤其是一般俗眼，只看表面，不知内涵，就得不到真实的一面了。

看人如此，读文意更如此。

蔡澜的小品文，文字简洁明白，不造作，不矫情，心中怎么想，笔下就怎么写，若用一个字来形容，就是：真。

乍一看，蔡澜的小品文，写的是生活，他享受的美食，他欣赏的美景，他赞叹的艺术，他经历的事情，大千世界，尽在他的笔下呈现。

试想，他的小品散文，已出版的，超过了一百种，即便是擅写此类文体的明朝人，也没有一个人留下这许多作品的，放诸古今中外，肯定是一个纪录。

能有那样数量的创作，当然是源自他有极其丰富的生活经历。

读蔡澜的小品散文，若只能领略这一点，虽也足矣，但是忽略了文章的内涵，未免太可惜了。"谁解其中味"？唯有能解其中味的，才能真得蔡文之三昧。

他的文章之中，处处透露对人生的态度，其中的浅显哲理、明白禅机，都使读者能得顿悟，可以把本来很复杂的世情困扰简单化：噢，原来如此，不过如此。可以付诸一笑，自然快乐轻松，这就真是"蓦然回首"就有了的境界，这是蔡澜小品文的内涵，不要轻易放过了！

闲来无事不从容

工作能力，每人不同，有的能力高，有的能力低。能力高者，做起事来不吃力，不会气喘如牛，不会咬牙切齿，兵来将挡，水来土掩，旁观者看来，赏心悦目，连连赞叹。能力低者，当然全部相反。

若干年前，蔡澜忽然发愿，要学篆刻，闻言大吃一惊——篆刻学问极大，要投入全部精力，其时他正负电影监制重任，怎能学得成？当时，用很温和的方法，泼他的冷水："刻印，并不是拿起石头、刻刀来就可进行的，首先，要懂书法，阁下的书法程度，好像……哼哼……"

那言下之意，就是说：你连字都写不好，刻什么印！

他听了之后，立即回应："那我就先学写字。"

当时不置可否。

也没有看到他特别怎样，他却已坐言起行，拜名师，学写字。

大概只不过半年，或大半年左右，在那段时间内，仍如常交往，一点也没有啥特别之处。一日，到他办公室，看到他办公桌上，文房四宝俱全，俨然有笔架，挂着四五支大小毛笔，正想出言笑话他几句，又一眼看到了一叠墨宝，吃了一惊：这些字是谁写的？

蔡老兄笑嘻嘻地泡茶，并不回答，一派君子。

这当然是他写的，可是实在难以相信。

自此之后，也没有见他怎样呵冻搓手地苦练，不多久，书法成就卓然，而且还是浑然，毫不装腔作势。篆刻自然也水到渠成，精彩纷呈，只好感叹：有艺术天才，就是这样。他的这种从容成事的态度，在其他各方面，也无不如此。在各种的笑声之中，今天做成了这样，明天又做成了那样，看起来时间还大有空闲，欧阳先生曰：得其一，可以通其余。

信然！

最恨多才情太浅

蔡澜书法，极合"散怀抱，任情恣性"的书道，所以可观。其实，书道、人道，可以合论。蔡澜的本家蔡邕老先生在《笔论》中提出的书道，拿来做做人的道理，也无不可。

在对待女性的态度上，蔡澜绝对是大男人主义者。此言一出，蔡澜的所有女性朋友，可能会哗然："怎么会，他对女性那么好，那么有情有义，是典型的最佳男性朋友，怎么会是大男人主义者？"

是的，他所有的女性朋友对他的赞语，都是对的，都是事实，也正因为如此，才说他是大男人主义者。

唯大男人主义者，才会真正对女性好，把女性视作受保护的弱小对象，放开怀抱，任情尽心地爱之惜之，呵之护之，尽男性之天职，这才是真正的大男人。

（小男人、贱男人对女性的种种劣行，与大男人相反，不想污了笔墨，所以不提了）

女性朋友对蔡澜的感觉，据所见，都极良好，不困于性别的差异，从广义的观点来看一个"情"字，那是另一种境界的情，是一种浅浅淡淡的情，若有若无的情，隐隐约约的情，丝丝缕缕的情……

若大喝一声问：究竟是什么啊？

对不起，具体还真的说不上来。只好说：不为目的，也没有目的，只是因了天性如此，觉得应该如此，就如此了。

说了等于没有说？当然不是，说了，听的人一时不明，不要紧，随着阅历增长，总会有明白的一天，就算终究不明，又打什么紧？

好像扯远了，其实，是想用拙笔尽可能写出蔡澜对女性的情怀而已。不过看来好像并不成功。

回首亭中人，平林淡如画

试想看云林先生的画：天高云淡，飞瀑流泉，枯树危石，如斗茅亭，有君子兮，负手远望，发思古之幽情，念天地之悠悠，时而仰天大笑，笑天下可笑之事，时而低头沉思，思人间宜思之情，虽茕茕孑立，我行我素，然相交通天下，知己数不尽。

若问君子是谁，答曰：蔡澜先生也。

回顾和他相知逾四十年，自他处学到的极多。"凡事都要试，不试，绝无成功可能；试了，成功和失败，一半一半机会。"这是他一再强调的。只怪生性不合，没学会。

"既上了船，就做船上的事吧。"有一次跟人上了"贼船"，我极不耐烦，大肆唠叨时他教的，学会了，知道了"不开心不能改变不开心的事，不如开心"的道理，所以一直开开心心，受益匪浅。

他以"真"为生命真谛，行文如此，做人如此。所以他看世人，不论青眼白眼，都出自真，都不计较利害得失，只求心中真喜欢。

世人看他，不论青眼白眼，他也浑不计较，只是我行我素："岂能尽如他意，但求无愧我心。"

这样的做人态度，这样的人，赢得了社会上各色人等对他的尊重敬佩，是必然的结果。有一次，我在前，他在后，走进人丛，只见人群纷纷扬手笑脸招呼，一时之间以为自己大受欢迎，飘飘然焉，及至发现众人目光焦点有异，才知道是和身后人在打招呼，当场大乐：这是典型的"狐假虎威"。哈哈。

即使只是素描，也描之不尽，这里可以写一笔，那里可以补两笔，怎么也难齐全。这样的一个人，哼哼，来自哪一个星球？在地球上多久了？看来，是从魏晋开始的吧？

编后记

因蔡澜先生的生活环境及语言习惯问题,本书中涉及粤语说法的表达均未做改动,现将本书中粤语用语统一做注释,附于本书后。若有遗漏,敬请指正。

唔:不。
系:是。
系咪:是不是。
二世祖:粤语俗语,通指那些有不少家产,只会花钱享乐的人;专指上一代有权有势有钱,下一代只管吃喝玩乐的富家子弟、纨绔子弟。
粤语残片:很久以前的香港黑白老电影。
老姑婆:未婚的大龄女性。
交关:很,严重。形容程度。
低庄:无耻,下流。
阴功:粤语方言,造孽的意思。
乸(nǎ):雌,母的。粤语里形容男人娘娘腔。
阿妈是女人:多此一问,废话。
得意:形容人或事物可爱、有趣、好玩。粤语中常用。
黐(chī)线:有毛病。
这把口:这张嘴。
唔该:表示谢意。
捉虫入屎忽:没事找事,给自己找麻烦。粤语俚语。
阿嫲:奶奶。

图书在版编目（CIP）数据

愿你成为最好的女子：经典版 / 蔡澜著. — 北京：北京时代华文书局，2020.5（2025.7重印）
ISBN 978-7-5699-3615-5

Ⅰ.①愿… Ⅱ.①蔡… Ⅲ.①女性－修养－通俗读物 Ⅳ.①I267 ②B825.5-49

中国版本图书馆CIP数据核字（2020）第050922号

愿你成为最好的女子：经典版
YUAN NI CHENGWEI ZUIHAO DE NVZI JINGDIAN BAN

著　　者｜蔡　澜
出 版 人｜陈　涛
选题策划｜陈丽杰
责任编辑｜陈丽杰　汪亚云
执行编辑｜冯雪雪
责任校对｜周连杰
封面设计｜熊琼·云中　程　慧
版式设计｜段文辉
内文插图｜苏美璐
责任印制｜訾　敬

出版发行｜北京时代华文书局 http://www.bjsdsj.com.cn
　　　　　北京市东城区安定门外大街138号皇城国际大厦A座8楼
　　　　　邮编：100011　电话：010-64267120　64267397

印　　刷｜三河市嘉科万达彩色印刷有限公司　0316-3156777
　　　　　（如发现印装质量问题，请与印刷厂联系调换）

开　　本｜787mm×1092mm　1/16　印　张｜17.5　字　数｜206千字
版　　次｜2020年10月第1版　　印　次｜2025年7月第9次印刷
书　　号｜ISBN 978-7-5699-3615-5
定　　价｜56.00元

版权所有，侵权必究